Bianca™

Susanna Carr

Una isla y un amor

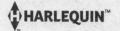

HARLEQUIN™

Editado por HARLEQUIN IBÉRICA, S.A.
Núñez de Balboa, 56
28001 Madrid

© 2014 Susanna Carr
© 2014 Harlequin Ibérica, S.A.
Una isla y un amor, n.º 2308 - 7.5.14
Título original: A Deal with Benefits
Publicada originalmente por Mills & Boon®, Ltd., Londres.

I.S.B.N.: 978-84-687-4176-5
Depósito legal: M-5410-2014
Editor responsable: Luis Pugni
Fotomecánica: M.T. Color & Diseño, S.L. Las Rozas (Madrid)
Impresión en Black print CPI (Barcelona)
Fecha impresion para Argentina: 3.11.14
Distribuidor exclusivo para España: LOGISTA
Distribuidor para México: CODIPLYRSA
Distribuidores para Argentina: interior, BERTRAN, S.A.C. Vélez
Sársfield, 1950. Cap. Fed./ Buenos Aires y Gran Buenos Aires,
VACCARO SÁNCHEZ y Cía, S.A.

Prólogo

NUESTRO huésped ha llegado temprano, señorita Ashley. ¡Oh, el barco es precioso! –Clea, el ama de llaves, soltó una risa aguda que resonó por el pasillo–. Tendría que ver a Louis correr al muelle para verlo de cerca.

–Debe de ser todo un barco –dijo Ashley. El marido de Clea no se movía con rapidez. Nadie lo hacía en Inez Key. Las familias llevaban viviendo allí generaciones y seguían el tranquilo ritmo de la vida isleña.

Ashley salió y miró el barco de color escarlata. Su dramática silueta parecía obscenamente agresiva en contraste con las suaves olas del océano. El barco decía mucho de su dueño. Vibrante y llamativo. Frunció los ojos y captó que solo había una persona en el barco.

–Maldición –masculló–. Es soltero.

–Estoy segura de que no dará demasiado trabajo –Clea le dio una palmadita en el hombro.

–Los huéspedes solteros son los peores. Esperan que los entretengan.

–Iré a recibirlo mientras se cambia y se pone un vestido –dijo Clea, empezando a descender por la colina que llevaba al muelle.

–No, gracias –Ashley la siguió–. Ya no me visto para los huéspedes de pago. No desde que ese jugador de baloncesto pensó que estaba incluida en el paquete de fin de semana.

—¿Y qué va a pensar ese hombre cuando la vea vestida así? —Clea señaló su ropa.

Ashley se miró la corta camiseta amarillo brillante que no llegaba a la cinturilla de los vaqueros cortados. Las sandalias gastadas eran tan viejas que se amoldaban a sus pies y llevaba el largo cabello recogido en una despeinada cola de caballo. Solo usaba maquillaje o joyas en ocasiones especiales. Un hombre no entraba en esa categoría.

—Que por aquí no nos van las formalidades.

—No sabe mucho de hombres, ¿verdad? —Clea chasqueó la lengua y miró las largas piernas morenas de Ashley.

—Sé más de lo que nunca quise saber —respondió Ashley. Le debía esa educación a su padre, cuando aparecía tras el fin de la temporada de tenis. Lo que no había descubierto gracias a Donald Jones, lo había aprendido de su cortejo.

Había usado ese saber para conseguir un generoso préstamo de Raymond Casillas. Un riesgo enorme. No se fiaba del maduro playboy, sabía que buscaría la forma de que tuviera que pagárselo con sexo. Eso no iba a ocurrir.

Por desgracia, iba retrasada en los pagos y no podía fallar ni un mes más. Ashley se estremeció al considerar las consecuencias. Unos cuantos ricos y famosos que buscaran la intimidad de su isla bastarían para librarse de la amenaza.

Ashley bajó la colina con determinación. Caminó por el muelle de madera y se protegió los ojos del sol con la mano para mirar mejor a su huésped, Sebastian Esteban.

Tenía el aspecto de un conquistador que esperase ser rodeado por nativos agradecidos. Se le desbocó el corazón al ver el espeso pelo oscuro alborotado por el viento y la camiseta ajustada al ancho pecho. Las fuertes piernas estaban cubiertas por vaqueros desteñidos. Sintió una extraña tensión en el vientre al mirar al guapo desconocido.

–Eh, ese hombre me resulta familiar –dijo Clea, situándose al lado de Ashley.

–¿Es famoso? ¿Un actor? –Ashley rechazó la idea de inmediato. Aunque era lo bastante guapo para que Hollywood tendiera la alfombra roja a sus pies, percibía que Sebastian Esteban no era del tipo que vendía sus duros rasgos masculinos. Su nariz recta y los labios finos sugerían aristocracia, pero los pómulos altos y la forma de su angulosa mandíbula indicaban que luchaba por cada centímetro de su territorio.

–No lo sé con seguridad. Tengo la sensación de haberlo visto antes –musitó Clea.

Ashley pensó que daba igual cómo se ganara la vida. No la impresionaba el estrellato. Se había apartado del mundo tras el fallecimiento de sus padres, cinco años antes. Aunque reconocía a algunas superestrellas, no seguía las novedades. Pero no se sentía capaz de tolerar a otra persona famosa que pensara que la cortesía básica era cosa del resto del mundo, no suya.

–¿Señor Esteban? –Ashley extendió la mano. Alzó la mirada y sus ojos se encontraron. Su cómoda y segura existencia se paralizó cuando oyó el latido de su corazón resonarle en los oídos. Sintió una oleada de anticipación cuando los largos dedos de Sebastian envolvieron los suyos, su mundo dio un vuelco. Vio el brillo de interés en sus ojos oscuros y la recorrió una oleada de energía salvaje.

Quiso retroceder, pero el desconocido no soltó sus

dedos. Se tensó cuando su instinto le gritó que se protegiera. Estaba paralizada, envuelta en un torbellino de emociones oscuras.

—Por favor, llámame Sebastian.

—Yo soy Ashley —respondió ella, impresionada por su voz ronca y grave—. Bienvenido a Inez Key. Espero que disfrutes de tu visita.

—Gracias, lo haré —sus ojos chispearon como llamas antes de que le soltara la mano.

Ella le presentó a Clea y a Louis, notando, a su pesar, lo alto que era y cómo sus hombros bloqueaban la luz del sol. Sentía la potencia de su virilidad.

Lo miró de reojo cuando, rechazando la ayuda de Louis, se echó la mochila al hombro. Se preguntó quién era ese hombre, lo bastante rico para tener ese barco, pero que no vestía ropa de diseño. Llegaba sin acompañantes o montañas de equipaje, pero podía permitirse pasar un exclusivo fin de semana en su casa.

—Se alojará aquí, en la casa principal —dijo Clea, mientras lo escoltaban colina arriba.

Sebastian se quedó parado un momento, estudiando la blanca mansión. Tenía el rostro inexpresivo y los ojos velados, pero Ashley sintió la tensión explosiva que emanaba de él.

Los huéspedes solían quedarse admirados ante la arquitectura prebélica. Veían las líneas limpias y la grácil simetría, las enormes columnas que se elevaban del suelo al tejado negro y que rodeaban la casa. Los balcones hablaban de un elegante mundo, largo tiempo olvidado, y era fácil olvidar que las contraventanas negras protegían la casa de los elementos y no eran una mera decoración.

Nadie notaba que su hogar se estaba desmoronando. Una capa de pintura, una mesa en ángulo o un ramo de flores frescas solo podían ocultar ciertas cosas. Los muebles antiguos, las obras de arte y todo lo de valor había sido vendido hacía muchos años.

Cuando entraron al vestíbulo señorial, oyó a Clea ofrecer refrescos. Ashley miró a su alrededor, esperando no haber olvidado ningún detalle. Quería que Sebastian Esteban se fijara en la enorme escalera curva y en cómo el sol destellaba en la araña de cristal, en vez de en el papel pintado desvaído. Pero por cómo estudiaba la habitación, percibió que lo veía todo.

–Señorita Ashley –Clea le clavó un codo en las costillas–, ¿por qué no le enseña su habitación al señor Sebastian mientras voy a por las bebidas?

–Por supuesto. Por aquí, por favor –Ashley bajó la cabeza al acercarse a la escalera. No quería estar sola con ese hombre. No temía a Sebastian Esteban, pero su reacción hacia él la incomodaba. No era propia de ella.

Sintió un cosquilleo en la piel mientras subía la escalera delante de él. Los vaqueros cortados le parecieron demasiado pequeños al sentir su mirada ardiente en las piernas desnudas. Tendría que haber hecho caso a Clea y haberse puesto un vestido que cubriera cada centímetro de su piel.

Desechó la idea de inmediato. Quería protegerse pero, al mismo tiempo, quería que Sebastian se fijara en ella. Su pecho subió y bajó cuando aceleró el paso. Ashley deseó poder ignorar la intensa y furiosa atracción. No era extraño que Sebastian le pareciera sexy. A cualquier mujer le parecería deseable.

–Esta es tu habitación –dijo Ashley, abriendo la puerta de la suite principal sin mirarlo–. El vestidor y el cuarto de baño están por esa puerta.

Él fue hacia el centro de la habitación, de la que no

podía tener ninguna queja. Era la más grande y tenía una vista magnífica. Ashley había puesto los mejores muebles en la zona de asientos. La cama con dosel era enorme, de caoba tallada.

Ashley cerró los ojos al sentir un incómodo calor. No sabía por qué, pero se lo había imaginado en la cama, entre sábanas revueltas, desnudo y brillante de sudor, con los fuertes brazos estirados hacia ella, dándole la bienvenida.

–¿Te estoy echando de tu habitación? –preguntó Sebastian.

–¿Qué? –la voz de ella sonó ronca. Se vio junto a él en la enorme cama y sacudió la cabeza para borrar la imagen–. No, no duermo aquí.

–¿Por qué no? –preguntó él, dejando la mochila sobre la cama. Parecía fuera de lugar sobre la antigua colcha hecha a mano–. Es la suite principal, ¿no?

–Sí –se pasó la punta de la lengua por los labios resecos. No podía explicárselo. Esa habitación, esa cama, habían sido el escenario central de la destructiva relación de sus padres. La aventura de su padre, Donald Jones, y su madre, Linda Valdez, había estado alimentada por los celos, las infidelidades y la obsesión sexual. No quería ese recuerdo–. Bueno, si necesitas algo, házmelo saber, por favor –dijo, yendo lentamente hacia la puerta.

Él apartó la mirada de la vista del océano y Ashley vio las sombras en sus ojos. Era más que tristeza. Era dolor, pérdida, ira. Sebastian parpadeó y las sombras desaparecieron de repente.

Sebastian asintió en silencio y la acompañó a la puerta. La guió hacia el umbral poniendo la mano en la parte baja de su espalda. Los dedos rozaron su piel desnuda y ella se tensó. Él dejó caer la mano, pero

Ashley siguió sintiendo el golpeteo de la sangre en las venas.

Inspiró con fuerza y se alejó rápidamente, sin mirar atrás. Le daba miedo explorar sus sentimientos. No estaba acostumbrada a sentirse tentada en Inez Key y temía el reto. Llevaba años escondiéndose, desconectada del mundo, contenida y en calma. Nunca la había interesado uno de sus huéspedes, pero ese hombre le recordaba lo que se estaba perdiendo.

Y no estaba segura de querer seguir escondiéndose...

Capítulo 1

Un mes después

¿Señor? Aquí hay una mujer que quiere hablar con usted.

–Que se vaya –Sebastian Cruz siguió firmando papeles. No toleraba interrupciones cuando estaba trabajando. Probablemente fuera una antigua amante que había pensado que el elemento sorpresa y el drama llamarían su atención. Sus empleados tenían experiencia manejando esas situaciones y se preguntó cómo había conseguido esa mujer llegar a la suite ejecutiva.

–Insiste en verlo y no ha dejado la recepción en todo el día –siguió su ayudante, con cierta simpatía por la mujer–. Dice que es urgente.

Sebastian pensó que todas decían eso. Lo molestaba más que provocarle curiosidad o halago. No entendía por qué esas mujeres sofisticadas montaban escenas públicas cuando era obvio que la relación había llegado a su fin.

–Pida a seguridad que la saquen del edificio.

–Había pensado hacerlo, pero dice que usted tiene algo suyo –el joven carraspeó y se ajustó la corbata con nerviosismo–. No me ha dicho qué, dice que es privado. Ha venido a recuperarlo.

Sebastian frunció el ceño y firmó otro documento.

Era imposible. No era sentimental y no guardaba recuerdos ni trofeos.

–¿Le ha preguntado su nombre?

–Jones –dijo su ayudante, nervioso por la censura que oía en su voz–. Ashley Jones.

La pluma de Sebastian se detuvo en el aire. El documento pareció emborronarse ante sus ojos y los recuerdos invadieron su mente. Recordó la suave cascada de pelo castaño cayendo sobre sus hombros desnudos. Su energía salvaje y su risa. La excitación surcó sus venas al pensar en su piel dorada por el sol y en su boca rosada.

Ashley Jones había hechizado sus sueños todo el mes. Había intentado sacársela de la cabeza distrayéndose con trabajo y mujeres, pero no podía olvidar la desinhibición de su respuesta. Ni su altanero rechazo.

Sebastian recordaba esa mañana vívidamente. Aún desnuda sobre la cama, le había dicho que no estaba interesada en más que una aventura de una noche. Había compartido más que su cuerpo con él, pero de repente ya no lo consideraba lo bastante bueno para respirar el mismo aire que ella. Tenía los labios enrojecidos por sus besos, pero no se dignaba a mirarlo a los ojos.

Ashley no había sabido que era el soltero más deseado de Miami. Un multimillonario de gran influencia. Mujeres ricas, poderosas y de sangre azul lo perseguían. Hacía años que se había librado de la pestilencia del gueto y pasado a formar parte de la alta sociedad. Pero ella lo había rechazado como si fuera una princesa en su torre de marfil y él siguiera viviendo en las calles. ¿Quién se creía que era? Ashley no había movido un dedo para vivir como vivía, mientras que él seguía luchando por el imperio que había creado con las manos desnudas.

–Creo que es la hija de aquella leyenda del tenis –siguió su ayudante con tono escandalizado–. Ya sabe, el asesinato-suicidio. Fue noticia de portada hace unos años.

Donald Jones. Las aletas de la nariz de Sebastian se ensancharon e intentó controlar su ira. Lo sabía todo del tenista y su familia. Se había ocupado de averiguarlo todo sobre Ashley.

Había recibido algunas sorpresas cuando la conoció, pero su primera impresión había sido correcta. Era una heredera malcriada que vivía en el paraíso. No sabía lo que eran la pobreza, el sufrimiento o la supervivencia. Para una mujer como Ashley Jones, el mundo era su reino.

Sebastian achicó los ojos cuando se le ocurrió una idea. Se le aceleró el corazón al considerar las posibilidades. Sabía por qué estaba allí. Quería saber cómo había conseguido su preciosa isla y cómo recuperarla.

Torció la boca al imaginar su venganza. No tendría tanta prisa en rechazarlo sabiendo que tenía algo que ella quería. Tenía la oportunidad de verla doblegarse y perder su tono de superioridad. Sebastian quería despojar a esa mujer de su orgullo y su estatus. Llevársela a la cama una noche, disfrutar del exquisito placer que haría al amante más cínico creer en el edén, para luego desdeñarla.

–Por favor, hazla entrar –dijo Sebastian con frialdad–, después puedes irte por hoy.

Ashley, sentada al borde del sillón de cuero blanco, observaba el sol ponerse en la línea del cielo de Miami. Sintió un pinchazo de nostalgia al ver la silueta de los altos edificios recortándose contra el cielo coral y rosa. Se sentía incómoda rodeada de acero y cristal, ruido y gente. Echaba de menos sentarse a solas en su cala favorita mientras el sol se hundía en el océano turquesa.

Tal vez no volviera a verlo. El miedo oprimió su corazón y sintió acidez en el estómago al recordar la carta de desalojo. Había sentido el mismo horror al descubrir que, cuando se retrasó en dos pagos, Sebastian Cruz había comprado su deuda y se había convertido en el propietario de la isla de su familia.

Ashley apretó los labios y rezó por poder llegar a un acuerdo con el señor Cruz y recuperar su isla de inmediato. No sabía qué iba a hacer si no conseguía hacerle ver la razón.

Soltó el aire lentamente, consciente de que no podía pensar así. La derrota no era una opción. Esa era su última oportunidad e iba a encontrar la manera de recuperar su hogar familiar.

Miró a su alrededor. La sala de espera estaba mucho más tranquila desde que la mayoría de los oficinistas se habían ido tras acabar la jornada. Sin embargo, el entorno seguía intimidándola. Había estado a punto de no entrar al rascacielos de línea esbelta y agresiva. Había requerido mucho coraje pasar el día sentada allí, sintiéndose pequeña e invisible, mientras los empleados se enfrentaban a la jornada de trabajo con una energía desmedida.

Movió la cabeza al oír unos pasos resonar en el suelo negro. Un hombre alto y trajeado, con el que había hablado antes, se acercó.

–¿Señorita Jones? El señor Cruz la verá ahora.

Ashley asintió. Se le cerró la garganta por la ansiedad. Se levantó y, con las piernas rígidas y las manos heladas, siguió al hombre.

«Puedes arreglar esto», se recordó con fiereza, pasándose las manos por el pelo. Había tardado mucho en recoger su salvaje melena en un moño, y tenía la sensación de que iba a desmoronarse.

Mientras seguía al hombre, sin duda un ayudante, intentó no dejarse amilanar por el austero y frío pasillo. No sabía cómo Sebastian Cruz había conseguido Inez Key, pero sabía que tenía que ser un error. No se podía imaginar qué quería un hombre tan rico de una isla ruinosa.

Ashley miró al ayudante. Sentía la tentación de preguntarle por Sebastian Cruz, pero dudaba que le dijera mucho. Se arrepentía de no haber investigado al propietario de Conglomerado Cruz. A juzgar por sus oficinas, sospechaba que era un caballero mayor y formal que valoraba la propiedad y el estatus.

Ashley se alisó el antiguo vestido blanco que había pertenecido a su madre. Se alegraba de haberlo elegido. Estaba pasado de moda, pero sabía que le daba un aspecto dulce y modesto.

Solo tenía que acordarse de hablar como una dama. Se detuvo ante las enormes puertas negras que conducían al despacho del señor Cruz mientras el ayudante llamaba a la puerta. «Cuida tu lenguaje», se dijo, pasándose la lengua por los labios resecos. Sabía mejor que nadie que una mala palabra podía estropearlo todo.

Ashley apenas oyó la presentación del ayudante. Percibiendo el tamaño de la habitación, controló el impulso de mirar a su alrededor. Esbozó una sonrisa educada y estiró la mano, pero se quedó helada al ver a Sebastian Cruz.

—¡Tú! —gritó instintivamente, retirando la mano. Ante ella estaba el hombre al que había esperado no volver a ver nunca. Sebastian Cruz era quien había vuelto su mundo del revés un mes antes, derrumbando sus defensas y mostrándole un mundo de placer y promesas.

Ashley se tensó como si fuera a escapar. No sabía qué estaba ocurriendo. Ese no podía ser Sebastian Cruz. Era Sebastian Esteban. El nombre estaba grabado en su mente para siempre. Una mujer nunca olvidaba a su primer amante.

Pero ese hombre no se parecía en nada al misterioso huésped que había pasado un fin de semana en Inez Key un mes antes. Los vaqueros desgastados y la sonrisa cómplice habían sido reemplazados por un traje formal y unos labios tensos. Paseó la mirada por el corto pelo negro, los grandes ojos marrones y la barbilla altiva. Era atractivo pero intimidante. Amenazador.

El traje negro y bien cortado a duras penas ocultaba el poder salvaje de Sebastian. Su figura esbelta y musculosa insinuaba que era grácil, rápido y poderoso. Un hombre que podía luchar sucio y duro.

Él sonrió y Ashley sintió un escalofrío de intranquilidad. Los dientes blancos le hicieron pensar en un animal sediento de sangre que fuera a desgarrar a su presa. Temblorosa, dio un paso atrás. Sebastian era deslumbrante, pero sus recuerdos de él habían paliado el magnetismo de su poder y virilidad.

–Ashley –dijo con voz sedosa, señalando la silla que había frente al escritorio. No parecía sorprendido de verla–. Por favor, siéntate.

–¿Qué estás haciendo aquí? –preguntó ella sintiendo un torbellino de emociones. Se sentía mareada, vulnerable. Quería sentarse y protegerse, pero no podía darle ninguna ventaja–. No entiendo. Él te ha llamado señor Cruz.

–Ese es mi nombre –dijo él.

–¿Desde cuándo? –su voz sonó aguda y Ashley intentó contenerse–. Me dijiste que eras Sebastian Esteban.

–Ese es parte de mi nombre. Esteban es el apellido de mi madre –los ojos oscuros la escrutaron, como si eso debiera significar algo para ella–. Soy Sebastian Esteban Cruz.

Ella lo miró, esperando más. Pero él siguió sentado en su trono, mirándola con impaciencia. No iba a pedirle disculpas, era obvio.

–¿Por qué me mentiste? ¿Es parte de tu rutina habitual? –una mujer solo tenía que mirar a Sebastian Cruz para saber que era un rompecorazones. Había creído que se salvaría limitando su relación a una sola noche, pero se había equivocado.

Pensó, con remordimiento, que durante ese sensual fin de semana no había pensado. Se había dejado llevar por un instinto primitivo y acabado en la cama de Sebastian.

A su pesar, porque esperaba más de sí misma. Tras crecer con un padre mujeriego, Ashley había reconocido la probada y exitosa rutina de Sebastian. Tendría que haber recordado la devastación que seguía a la promesa del paraíso.

–Cuando un rico está interesado en comprar una propiedad, es mejor que no revele su identidad –afirmó él, resoluto–. En caso contrario, el precio de venta sube.

–Inez Key no estaba en venta –dijo ella, ronca de ira. Por fin entendía por qué él había visitado su isla. ¡Había pretendido robarle su hogar familiar desde el primer momento!

–Eso decías siempre –él se encogió de hombros–. Lo intenté a través de varios representantes y la respuesta siempre fue la misma. El precio que ofrecía era muy generoso. Hice una visita personal con la esperanza de convencerte para que vendieras.

A ella le había extrañado que un hombre como Sebastian llegara a su isla en busca de descanso y relax. Era de esos hombres que disfrutaban con los retos y conquistando nuevos territorios.

–En vez de eso, me la robaste –susurró, con el estómago revuelto–. Ahora lo entiendo.

–No la robé –la corrigió él–. No cumpliste los plazos del préstamo. Inez Key es mía.

A Ashley no le gustó el tono triunfal de su voz. Apretó el bolso entre las manos, colérica.

–¡Ese préstamo no es asunto tuyo! Era un acuerdo privado entre Raymond Casillas y yo.

–Y yo le compré la deuda a Casillas. No tendrías que haber ofrecido la isla como garantía –chasqueó la lengua, burlón, y movió la cabeza.

–Era mi única opción –indicó ella con furia. Él no tenía derecho a cuestionar su decisión. Su padre estaba en la ruina cuando falleció. Sebastian no tenía ni idea de lo que había tenido que sacrificar para mantener Inez Key–. No tenía ninguna otra cosa de valor.

–¿En serio? –él ladeó la cabeza.

Ashley se tensó, percibiendo el peligro que contenía la pregunta. Pensó en cuánto sabría él. Necesitaba controlar la reunión. Aunque le temblaban las piernas, se obligó a seguir en pie.

–Inez Key sufrió muchos daños en el huracán, y el seguro no lo cubrió todo.

–Me da igual cómo te endeudaras.

Ella deseó arañar ese rostro de expresión aburrida. Se clavó las uñas en las manos.

–No hice ningún acuerdo contigo –alegó–. Tenía un plan de pagos con Raymond.

–Y no pudiste cumplirlo. Apostaste y perdiste.

Ashley apretó los dientes. Era verdad y no podía negarlo. Había corrido un gran riesgo al aceptar el préstamo. Había tenido dificultades para pagar, pero no podía dejar que las cosas acabaran así. Tenía que recuperar Inez Key.

–Raymond entendía por qué tenía problemas con los pagos –dijo con voz temblorosa–. Me estaba dando más tiempo porque había sido muy buen amigo de mi padre.

–Estoy seguro de que era el epítome de la comprensión y la compasión. Pero fuiste muy lista al no recurrir a los bancos –agitó el dedo ante su rostro–. O me habría enterado antes.

Por lo visto, a él le parecía divertido. Un juego. Pero para ella, se trataba de su futuro.

–Y no habrías tenido que acostarte conmigo para conseguir esa información –le replicó.

–No te llevé a la cama por eso –Sebastian recorrió sus curvas con la mirada.

La piel de ella empezó a arder. No pudo evitar que los recuerdos la asolaran. Recordaba su aroma masculino y el sabor de su piel morena. El vestido se tensó sobre su piel al pensar en el siseo de sus dientes y en cómo sus fuertes dedos se enredaban en su pelo.

Bruscamente, Ashley desvió la mirada. Tenía tendencia a pensar en esa noche en los momentos más inconvenientes. El corazón le golpeteaba en el pecho y le ardía el cuerpo.

–Así que no pensabas en la seducción cuando llegaste a Inez Key –farfulló ella–. Eso me parece difícil de creer.

–No sabía que te daría por hablar después del sexo –dijo él, recostándose en la silla y juntando las puntas de los dedos–. Y menos aún que me contarías tu acuerdo con Casillas. Me resultó imposible no usar la información en mi propio beneficio.

Ashley miró a Sebastian con dolor de corazón. No sabía cómo podía ser tan cínico respecto a un momento tan íntimo. No se daba cuenta de que ella nunca se confiaba a nadie. Pero se había sentido lo bastante cercana y segura para contarle sus problemas y escuchar su opinión y su consejo. Solo a la luz del día había comprendido que le había inspirado un falso sentido de seguridad y que ese desliz se volvería en su contra. Y él se había aprovechado de su debilidad.

–¡No permitiré que me quites la isla!

–Demasiado tarde –dijo Sebastian, impasible.

–¿Por qué eres tan poco razonable? –la voz resonó en sus oídos. Apoyó las manos en los costados y volvió a intentarlo–. ¿Por qué no me das una segunda oportunidad?

Él pareció sorprendido por la pregunta. Como si fuera más ingenua de lo que había creído.

–¿Por qué iba a hacerlo? ¿Has hecho algo para hacerme pensar que te mereces esa oportunidad?

Ella vio que sus ojos se oscurecían. Le extrañaba su elección de palabras. Suspicaz, se cruzó de brazos.

–¿Esto es porque te eché de la cama a la mañana siguiente? –Ashley deseó haberse mordido la lengua en cuanto lo dijo. Tenía que medir sus palabras. Se estremeció al oír su risita ronca.

–No seas tan engreída –la sonrisa de Sebastian destelló blanca contra su piel morena.

Ella sabía que lo había desconcertado al rechazar su oferta de seguir con la relación. Sebastian nunca sabría cuánto la había deleitado y asustado la idea. Si hubiera visto que su resolución se debilitaba, la habría atacado sin piedad, pero su fría respuesta le había dolido.

¡Y ella se había sentido mal por él! Se había pasado horas recordando el momento y deseando haberlo rechazado con más consideración. Y más de una vez había deseado tener el coraje de aceptar su oferta.

Pero se había dado cuenta de que, incluso después de una noche gloriosa, corría el peligro de convertirse en el tipo de mujer que odiaba. Una criatura sexual. Una mujer que se dejaba llevar por sus sentimientos y sus necesidades. Se había apartado para protegerse a sí misma.

—No puedo evitar pensar que todo esto es personal —dijo, mirándolo fijamente.

—¿Cómo podría ser eso posible si no nos conocíamos hasta que llegué a Inez Key? —él arqueó una ceja oscura.

Ashley tenía la sensación de que se estaba perdiendo algo. Sabía muy bien que no se conocían de antes. Nadie podría olvidar ni el más breve encuentro con Sebastian Cruz.

—Me mentiste sobre tu nombre, tenías planes ocultos y me sedujiste. Hice bien al seguir mis instintos y librarme de ti.

—Y yo lo hago al seguir los míos y hacer que salgas de la isla de inmediato —dijo Sebastian, poniendo las manos en el teclado como si la discusión hubiera llegado a su fin.

«De inmediato», Ashley sintió pánico. Antes de entrar allí, había tenido dos semanas para abandonar la isla. Estaba empeorando las cosas.

—Inez Key es lo único que tengo —dijo rápidamente—. Sin ella, no tengo hogar, ni dinero...

–Eso no es problema mío –dijo él, sin dejar de mirar la pantalla del ordenador.

Ella fue hacia el escritorio y apoyó las manos en el borde. Iba a conseguir su atención aunque tuviera que agarrarlo del cuello.

–¿Cómo puedes ser tan cruel? –gruñó.

–¿Cruel? –alzó los ojos hacia los de ella–. No sabes el significado de eso.

–No puedo perder Inez Key. Es mi hogar y mi forma de ganarme la vida.

–¿Ganarte la vida? –se mofó él–. Tú no has trabajado ni un día en tu vida. Alquilas tu casa a gente rica algún que otro fin de semana.

Ella dejó pasar esa crítica. Aunque no tuviera un trabajo tradicional, eso no significaba que no trabajara duramente para mantener lo que amaba.

–Pagan bien por su intimidad. Tú lo hiciste. ¿Qué te hace pensar que otros no lo harán?

–No hay bastantes famosos ricos buscando intimidad para que puedas devolver el préstamo.

–No llevo suficiente tiempo haciéndolo –insistió ella. Necesitaba ganar algo de tiempo–. Raymond lo entendía.

–Raymond Casillas quería que te hundieras más –Sebastian movió la cabeza–. Sabía que nunca podrías devolver el préstamo. ¿Por qué crees que te lo ofreció?

–No lo sé –Ashley se apartó del escritorio. No quería hablar del tema. Sentía náuseas.

–Esperaba que se lo pagaras de otra manera. Y creo que tú lo sabías. Por eso le pediste un contrato. En la mayoría de las circunstancias, habría sido una buena táctica.

–De poco me ha servido –dijo ella por lo bajo. Ese

contrato la había puesto en manos del despiadado Sebastian Cruz.

–No querías malentendidos. Así que ofreciste Inez Key como garantía, no tu cuerpo –Sebastian hizo una pausa–. Ni tu virginidad.

–¿Lo sabías? –Ashley, roja como la grana, esquivó su mirada. Había hecho lo posible por ocultar su inexperiencia. Por orgullo y para protegerse a sí misma. Para que Sebastian no supiera cuánta ventaja tenía sobre ella en ese momento. No sabía cómo se había delatado.

–Tendrías que habérmelo dicho –su voz sonó suave. Amable.

Ashley dio otro paso atrás. Se sentía expuesta. Deseó poder salir del despacho, pero los tacones la mantenían clavada en el sitio.

–Ya te había dicho demasiado. ¿Y cómo supiste que Raymond quería...? –tragó saliva y su voz se desvaneció.

–A Casillas le gustan las chicas inocentes –dijo él con desagrado–. Y, cuando supo que tú y yo habíamos estado juntos, perdió todo interés por ayudarte.

Ella cerró los ojos, avergonzada. Sebastian le había hablado a Raymond de su encuentro íntimo. Era igual que el mujeriego de su padre y sus compañeros de parranda. Sintió una profunda decepción. Había esperado más de Sebastian.

–Eres repugnante –susurró.

–Hago lo necesario para ganar.

Ella pensó que era un adversario digno de ella. No le importaba que su indiscreción la hubiera ayudado a escapar de Raymond. Seguía siendo un enemigo peligroso, no podía olvidarlo.

–Esto no ha terminado. Te veré en el juzgado –declaró, yendo hacia la puerta.

–Buena suerte con eso –le replicó él–. No puedes permitirte consejo legal, y cualquier buen abogado te diría que no tienes caso.

–No me subestimes –le dijo ella por encima del hombro.

–¿Hasta qué punto deseas Inez Key? –preguntó él con calma.

Ella bajó la cabeza, considerando la pregunta. No sabía cómo explicarlo. Inez Key era más que su hogar. Era lo único que le quedaba de su familia, pero también un desagradable recordatorio de ella. Era su santuario, pero también su mazmorra. Era su guardiana y su cautiva. Estaba empeñada en vivir allí hasta que exorcizara sus demonios.

–Probablemente, tanto como la deseas tú.

–No tendrías que haberme dicho eso –soltó una risa que a ella le produjo un escalofrío.

Ella se dio la vuelta y achicó los ojos. Él, sereno y controlado, la observaba con expresión divertida.

–¿Qué es lo que quieres, Cruz?

–A ti –su sonrisa provocó a Ashley otro escalofrío.

Capítulo 2

SEBASTIAN captó el estremecimiento de Ashley. Sabía que su respuesta no la había sorprendido. Vio el destello de interés en sus ojos y el rubor de sus mejillas antes de que pudiera disimular su reacción. Su cuerpo la traicionaba. No podía ocultar la pulsión errática de su corazón en la base del cuello. Ashley aún lo deseaba, pero no iba a admitirlo.

–Lo has dejado muy claro –dijo Ashley con voz áspera.

–No me avergüenzo de ello –él no consideraba su deseo por Ashley una debilidad. Era más bien un problema, una distracción y una obsesión creciente. Ella, por otro lado, estaba avergonzada por la atracción que compartían. Actuaba como si fuera en contra de todas sus creencias.

–No estoy en venta –declaró ella.

–Dijiste lo mismo de Inez Key y mira adónde te llevó eso –torció la boca.

–Lo digo en serio, Cruz –gruñó ella.

Pero si hubiera hablado en serio habría rechazado de plano su indecente propuesta, subrayando su indignación con una bofetada. Sin embargo, se aferraba al pomo de la puerta. Titubeaba. Horrorizada y al mismo tiempo interesada. Si jugaba bien sus cartas podría tener a Ashley en su cama durante más de una noche.

–Estoy seguro de que podemos llegar a un acuerdo
–dijo con aparente calma, pero ardiendo por dentro.
Llevaba semanas añorándola y saber que su espera estaba a punto de acabar intensificaba esa sensación.

–No eres mejor que Raymond –siseó ella.

Sebastian sonrió. Ese comentario demostraba lo
inocente y poco mundana que era. Aún no se había
dado cuenta de que era mucho peor.

–Nada de eso, Casillas te había tendido una trampa.
Yo estoy siendo sincero sobre lo que quiero –y deseaba a Ashley más que a nada. No tenía sentido. No era
como las otras mujeres de su vida. Era inexperta y re-
belde. Una inconveniencia.

Pensó que debería dejarla libre. Al fin y al cabo,
mentía sobre lo que estaba dispuesto a ofrecer a cambio. No iba a dejarla volver a la isla No iba a romper
una promesa solo para complacer a una princesita
malcriada. Pero lo intrigaba saber cuál sería su precio.

–¿Sincero? –la palabra salió de sus labios rosados
como una explosión–. ¿Cómo puedes decir eso cuando
te presentaste con otro nombre con la intención de qui-
tarme la isla?

Él se levantó de la silla y se acercó. Ella estaba demasiado airada para ser cautelosa. No captó el olor del
peligro. Sus ojos marrones brillaron y sacó la barbilla
hacia fuera.

Sebastian se preguntó por qué intentaba esconderse
tras el informe vestido blanco. Su belleza era demasiado llamativa, su personalidad demasiado descarada
para ser contenida. Deseaba soltarle el pelo y ver
cómo caía sobre sus hombros, emborronar el pálido
maquillaje de su rostro y revelar a la chica isleña que
conocía.

–Eres tú quien no está siendo sincera –dijo Sebastian, percibiendo cómo su pecho subía y bajaba con agitación–. Sabías lo que Casillas buscaba en realidad, y no le quitaste la idea de la cabeza porque necesitabas el dinero.

–Lo intenté con los bancos, pero...

–Casillas te provoca náuseas. ¿Crees que él no lo sabía? ¿Te diste cuenta de que eso te hacía aún más deseable para él? –preguntó Sebastian–. Intentaste entrar en el juego y te hundiste hasta el fondo.

–¿Se te ha ocurrido pensar que me acosté contigo porque quería librarme de mi virginidad? –Ashley enarcó una ceja–. ¿Que necesitaba hacerlo para escapar de Raymond?

Sebastian echó la cabeza hacia atrás. No había considerado esa posibilidad, y la idea lo corroyó como ácido. No iba a dejar que una princesa malcriada lo utilizara. Agarró su barbilla y la inmovilizó.

–¿Lo hiciste? –preguntó con un tono grave y airado que habría conseguido que cualquiera de sus empleados saliera de allí corriendo.

–Ya no estás seguro, ¿verdad? –sus ojos brillaron, desafiantes.

Él la observó mientras sensaciones desconocidas le oprimían el pecho. Con su belleza natural y su espíritu independiente, Ashley Jones podría haber tenido a cualquier hombre. No sabía por qué había esperado tanto para tener su primera experiencia sexual, pero, si hubiera necesitado librarse de su virginidad, habría elegido a un hombre poco complicado y fácil de controlar.

–Creo que te acostaste conmigo porque no pudiste evitarlo –dijo, pasándole la yema del pulgar por la barbilla. Lo había deseado aunque eso significara entregarse. Rendirse–. Casillas no tuvo nada que ver. Te olvidaste de él por completo cuando estuviste conmigo.

—Sigue soñando —dijo ella, apartándolo de un manotazo.

Él no podía evitar soñar con Ashley y con la noche que habían compartido. Recordaba cada caricia y cada beso. Cada jadeo y cada gemido. Ashley no había fingido.

—Me deseas tanto que te da miedo. Y por eso intentaste apartarme de ti.

—Te aparté porque no quería seguir con la aventura —discutió ella—. Te utilicé para lo que quería, nada más. No me interesan los playboys.

Él dejó caer la mano. «¿Te utilicé para lo que quería?». Sabía que lo había dicho para ocultar que siempre sería importante en su vida, pero iba a hacerle pagar por sus palabras.

—No soy un playboy.

—¡Ja! —dijo ella con amargura—. Intentaste ocultarlo en Inez Key, pero crecí rodeada de mujeriegos. Sé la clase de hombre que eres. Mostrarías a una mujer su hogar como cebo, pero ambos sabemos que no se lo devolverías.

Sebastian controló una sonrisa. Ashley Jones tenía una opinión muy elevada de sí misma. ¿Realmente creía que iba a renunciar a su tesoro por volver a probar lo que habían compartido?

—Nunca he dicho que te devolvería tu hogar.

—No entiendo —se quedó quieta y frunció el ceño—. Me preguntaste...

—Hasta qué punto deseabas Inez Key —aclaró él acercándose más e inhalando su perfume cítrico—. La propiedad de la isla no está en juego. No dejaré que lo que es mío se me escape de las manos.

–He cuidado de la isla durante años –Ashley, palide-
ciendo, se apoyó en la puerta–. Le he entregado amor,
sudor y lágrimas. Lo he sacrificado todo por ella.

–¿Por qué? –la isla no tenía nada de especial. No tenía recursos naturales ni relevancia histórica. Estaba
en un lugar poco deseable y él había sido el único com-
prador interesado en ella.

–¿Por qué? –repitió ella–. Es mi hogar.

Sebastian captó la mirada velada de sus ojos y supo
que no le estaba dando toda la respuesta. Y también
sabía que no iba a dársela. Había aprendido la lección
y ya no confiaba en él.

Había habido momentos durante ese fin de semana
en los que Ashley se había comportado con despreocu-
pación y espontancidad. Y eso se había transformado
en intranquilidad. Ignoró un sorprendente pinchazo de
culpabilidad. Había sido hora de que aprendiera cómo
funcionaba el mundo real y él le había dado una valiosa
lección.

–Tu apego por Inez Key no tiene sentido.

–¿Y qué me dices del tuyo? –le replicó ella–. No
mucha gente llegaría a esos extremos para robarle a
alguien su hogar.

–No lo robé –dijo él con un atisbo de impaciencia–.
No podías pagar el préstamo, así que ahora la isla es
mía.

–¿Qué planes tienes para ella? –preguntó Ashley,
como si le doliera pensar en los cambios que iba a hacer–. No me puedo imaginar que quieras vivir allí. Estoy segura de que tienes muchas casas. Inez Key es
una minucia en comparación.

–No te preocupes por eso –dijo él, llevando la mano
a la puerta. Era hora de obligarla a tomar una decisión–. Ahora Inez Key es asunto mío.

Ashley se mordió el labio inferior y miró la puerta abierta. El silencio se prolongó hasta que dejó caer los hombros.

–Cruz –dijo.

–Me llamo Sebastian –le recordó él. Había dicho su nombre muchas veces durante esa única noche. Lo había dicho con maravilla y excitación. Con anhelo y satisfacción. Y esa noche sería lo último que dijera antes de quedarse dormida.

«Sebastian». No, no lo llamaría así. En la isla, Sebastian había sido un misterioso desconocido. Su intensidad y descarnada virilidad le habían despertado una fiera hambre sexual que no había creído poseer. Nunca volvería a ser la misma.

Ese hombre arrogante era calculador e intimidante. Le quitaba el aliento y no podía dejar de mirarlo. Pero no era el amante de fantasía que ella recordaba.

Tal vez ese fuera el problema. Tal vez había creado esa noche mágica en su mente. Todo había sido nuevo, desconocido. No volvería a sentirse abrumada por las sensaciones si volvía a practicar el sexo con él. Sin embargo, el recuerdo de haber compartido una cama con Sebastian aún hacía que le temblaran las rodillas.

–Si no tienes intención de devolverme mi hogar –preguntó, cautelosa y con el corazón desbocado–, ¿qué me estás ofreciendo?

–Serás la encargada y te alojarás en la casita que hay tras la casa principal.

–No es suficiente –Ashley controló un destello de ira. Había sido la propietaria de la casa. Había llevado las riendas de la isla. Y él le ofrecía el papel de encargada como si fuera un regalo.

–Cuidado, mi vida –Sebastian posó un dedo en sus labios y le lanzó una mirada de advertencia–. No tengo por qué dejar que sigas en la isla. No tengo por qué dejar que siga allí ninguno de sus habitantes.

–No –gimió ella–. Esto no tiene nada que ver con el resto de las familias de la isla. Llevan allí varias generaciones.

–¿Vas a defender a todos los demás? –se burló él–. ¡Qué adorable!

Ella pensó en las cinco familias que vivían en la pequeña isla. La habían apoyado en sus momentos más duros. Desde entonces ella les había dado protección y trabajo. No iba a fallarles.

–No interfieras en sus vidas –le dijo–. Esto es entre tú y yo.

–Sí, cierto –farfulló él, cerrando la puerta. Apoyó una mano por encima de su cabeza.

Estaba demasiado cerca. Ella se sentía atrapada. Acorralada. Le costó un gran esfuerzo quedarse inmóvil y mirarlo a los ojos.

–¿Qué quieres de mí?

–Dos semanas en mi cama.

–No pasaría en tu cama más de dos minutos, menos aún... –lo miró boquiabierta.

–Que sean tres –dijo él con frialdad.

–Bastardo –le espetó ella, atónita.

–Y ahora son cuatro –dijo él sin la menor emoción–. ¿Quieres que sean cinco semanas?

¿Un mes con Sebastian? El muro que había construido a su alrededor se había derrumbado tras una noche con él. Se preguntó qué le ocurriría si pasaba cuatro semanas en su cama.

Deseó poder silenciar la oscura excitación que crecía en su interior, amenazando con liberarse. No le gustaba ese lado de sí misma. No iba a dejar que el sexo gobernara sus pensamientos y sus decisiones. No era como sus padres.

—Ashley, un mes no será suficiente para ti —prometió él.

Ella apretó los labios, esforzándose por seguir en silencio. No tendría que haber permitido que la irritara. Cuando hablaba dejándose llevar por la ira, siempre había consecuencias.

—Puede que no dure tanto —dijo él—. Las mujeres no retienen mi atención por mucho tiempo, pero me suplicarás que me quede.

Eso era lo que ella se temía. Se había enorgullecido de no ser una mujer sexual hasta que conoció a Sebastian Cruz. Le había bastado con mirarlo una vez para que las sensaciones adormecidas volvieran a la vida. Su respuesta al contacto físico la había asustado porque no se reconocía. Ese hombre había ejercido su poder sobre ella como ningún otro.

Iba a romper el hechizo que había tejido a su alrededor. Descubriría cómo había derrumbado sus defensas tan fácilmente y pondría fin al anhelo que sentía por Sebastian Cruz. Cuando pasara el mes no permitiría que ningún hombre volviera a tenerla a su merced.

—Quiero asegurarme de que entiendo esto —dijo con voz temblorosa—. ¿Tendré un hogar en la isla si comparto tu cama durante un mes?

—Exacto —afirmó él con un brillo endiablado en los ojos.

Tenía que haber alguna trampa. Se preguntó por qué iba a echarla de la casa principal para darle una más pequeña en la isla. Le convenía tener a una encargada que conociera bien Inez Key, pero tal vez pretendía poner fin al acuerdo cuando gustara.

–¿Cómo sé que no me despedirás?

–Tendrás un contrato, igual que el resto de mis empleados –murmuró él, mirando su boca.

Ella sintió un cosquilleo en los labios. Los notaba más hinchados, más suaves. Hizo un esfuerzo por no lamérselos.

–¿Cuánto tiempo tengo para darte mi decisión?

–Tienes que dármela ahora –se acercó más, y ella sintió su aliento encima de la boca.

–¿Ahora? –preguntó ella alarmada–. ¡Eso no es justo! –pero sabía que Sebastian no jugaba limpio, jugaba para ganar.

–Tómalo o déjalo –dijo él.

Ella quiso desviar la mirada. Encontrar otra opción. Por mucho que quisiera seguir en Inez Key, no se creía capaz de luchar contra el deseo que sentía por Sebastian. Pero no podía rechazar lo que le ofrecía.

–Acepto –susurró.

Sebastian capturó su boca. El beso fue fuerte, brusco y posesivo. Ella quiso resistirse. Estaba empeñada en no responder. Sin embargo, entreabrió los labios y se inclinó hacia él mientras profundizaba el beso. Sus lenguas se enlazaron y él la atrajo hacia sí. A ella la deleitó el sabor de su lujuria. Se rindió a su boca, vencida.

¿Qué diablos le ocurría? Ashley se apartó de repente. Tenía el corazón desbocado y tuvo que esforzarse para no ponerse los dedos sobre los labios. No podía mirar a Sebastian. Estaba confusa, excitada. Sus sentimientos habían sufrido una emboscada.

No entendía cómo podía haber respondido así. Sebastian Cruz representaba todo lo que ella despreciaba de un hombre.

–Tengo que irme –dijo, poniendo la mano en el

pomo–. Tengo unas cuantas cosas que solucionar en casa.

–No vas a volver a casa –Sebastian cerró la mano sobre su muñeca y la apartó de la puerta–. Volverás a Inez Key según mis términos.

Ella lo miró fijamente, intentando asimilar sus palabras. ¿Cómo se atrevía a impedirle que volviera a casa? Pero lo cierto era que ya no era su casa. Técnicamente, era de él.

–Dije que compartiría tu cama. Nada de...

–Ahora eres mi querida –dijo él, alzando su mano y besando la vena pulsátil de su muñeca–. Vives donde yo vivo. Duermes donde yo duermo.

«¿Querida?». A ella casi se le doblaron las rodillas. Odiaba esa palabra. Su padre había tenido muchas amantes. Mujeres vulgares a quienes no les importaba a quién herían siempre que recibieran la atención que creían merecer.

–Yo no he accedido a eso.

–No he dicho que compartiría mis noches contigo –le recordó él–. Compartiré mi cama. Eso podría ocurrir en cualquier momento del día. O todo el día.

«Todo el día». Ella sintió un cosquilleo de excitación en el bajo vientre. Eso era malo. Realmente malo. Se había metido en un buen lío.

–¿Ya estás arrepintiéndote? –ronroneó él.

Era su oportunidad. Podía librarse del acuerdo y volver a su pequeño y seguro mundo. Pero ese mundo ya no existía. Él era su propietario. Tenía que luchar para conseguir un pequeño pedazo de él. Ashley tragó saliva.

–No.

–Bien –la satisfacción de Sebastian vibró en su voz. Abrió la puerta y la condujo afuera.

–¿Adónde vamos? –preguntó ella.

–A librarte de ese vestido.

Ella se puso rígida. Por lo visto, quería sellar el trato ya. No estaba preparada. Su mente se paralizó, al tiempo que sus pezones se tensaban.

–Voy a llamar a una estilista –anunció Sebastian–. El vestido que llevas oculta tu cuerpo y te hace envejecer unas dos décadas.

A ella eso le daba igual. No le gustaba llamar la atención sobre su cuerpo. Su ropa siempre buscaba hacerla pasar desapercibida.

–¿Por qué necesito otro vestido?

–Tengo que asistir a un evento y tú vendrás conmigo –dijo él cuando llegaron al ascensor.

–No quiero ir –replicó ella. Sin dura era un evento glamuroso al que asistiría la élite de Miami. Muchas de esas personas serían antiguas amistades y amantes de sus padres. Una pesadilla.

–No sabes mucho del papel de querida, ¿verdad? –rodeó su cintura con un brazo y la atrajo hacia sí–. En realidad, tu opinión no cuenta para nada.

Ashley era muy consciente de su mano en la parte baja de la espalda. Se sentía delicada, casi frágil, junto a él. No le gustaba.

–¿Eres consciente de que hay una diferencia entre querida y esclava sexual?

–Intenta no darme ideas –murmuró él.

Lo último que ella quería era ser vista en público del brazo de un playboy. Tras años de esconderse de las revistas que habían estado fascinadas con los escándalos de sus padres, no quería que el mundo viera lo bajo que había caído. Aunque eso no le sorprendería a nadie. Al fin y al cabo, era la hija de Linda Valdez y Donald Jones.

–Creía que los hombres ocultaban a sus queridas –rezongó ella–, no que las exhibían.

–Tienes mucho que aprender, Ashley –dijo él apretando más su cintura–. Estoy deseando enseñártelo todo.

Capítulo 3

¿CÓMO había llegado a eso? Ashley miró su reflejo en el espejo de cuerpo entero. Sebastian había llevado a una estilista y a una peluquera a su apartamento, situado en la última planta del edificio de oficinas, y habían pasado las últimas horas preparándola para la noche. A la mayoría de las mujeres les habría parecido divertido y relajante. Para ella había sido una tortura.

Tenía los ojos muy abiertos y los brazos junto a los costados. El suntuoso vestidor se emborronó ante sus ojos mientras contemplaba su salvaje melena, los labios rojos y los zapatos de tacón de aguja. La imagen le resultaba familiar.

Se preguntó si todas las mujeres de Sebastian se vestían así. Ella no podía estar a la altura de sus expectativas sexuales. El vestido y el estilismo eran para una mujer cuyo único objetivo fuera complacer a un hombre. Una mujer que se valorara por a quién podía atraer y durante cuánto tiempo. Había visto a muchas mujeres así mientras crecía.

Frunció el ceño y estudió el vestido naranja. ¿Por qué iba Sebastian a querer a una mujer que no tuviera exigencias? No parecía el tipo de hombre que se rodeaba de mujeres insípidas que no suponían un reto para su intelecto. Pero lo cierto era que no sabía mucho de su vida amorosa.

Rezongó al pensar en la palabra «amorosa». Más bien, sería vida sexual. Se preguntó si recordaba a todas sus amantes o si sus mujeres eran imposibles de distinguir unas de las otras.

Esa posibilidad la molestó. No quería que la asociaran con esas mujeres sin nombre y fáciles de olvidar. No podía parecer una de sus amantes. El vestido no era tan revelador como se había temido, pero su estilo denotaba la promesa de sexo. Sugería su estatus y su precio.

Giró la cabeza bruscamente y lo que vio en el espejo la dejó helada. ¡No, no, no! Volvió a mirarse con una mezcla de pánico y horror. Mucho pelo, poco vestido, un color llamativo...

Por un momento, se había parecido a su madre.

Linda Valdez siempre había llevado colores brillantes y atrevidos. Había querido que Donald Jones la viera siempre, ya estuviese en uno de sus partidos de tenis o en una habitación llena de mujeres núbiles. Cuando eso dejó de funcionar, los vestidos de Linda empezaron a acortarse y hacerse más reveladores. Había temido cambiar de peinado por si eso disgustaba a Donald.

Todo lo que había hecho su madre había sido para mantener el interés de Donald. Si sus ojos miraban a otra mujer, Linda se desesperaba por obtener su atención. Ashley sabía que a su padre nunca le habían importado los intereses u opiniones de su madre, su única preocupación era que Linda estuviera guapa, disponible sexualmente y que todos lo supieran. Vestía a Linda con ropa barata y de mal gusto y discutía su relación en público usando el lenguaje más soez.

Ashley cerró los ojos con fuerza al recordar un vestido que su madre se había negado a ponerse. El vestido rojo brillante no había tenido perdón. El corpiño había alzado los pechos de Linda y la ajustada falda se tensaba y arrugaba alrededor de su trasero.

Su madre había sido muy bella, pero la prenda había exagerado sus curvas hasta darle el aspecto de un personaje de dibujos animados. Sin embargo, lo que Ashley recordaba mejor, más que la épica discusión sobre el vestido, era que su madre había acabado poniéndoselo. Ese vestido representaba la desigualdad de la relación que había entre sus padres. Ashley no podía olvidar cómo Linda había encogido los hombros y agachado la cabeza cuando llevaba ese vestido, vencida y humillada.

Se clavó las uñas en las palmas de las manos y luchó contra el deseo de quitarse los delicados zapatos y de rasgar el vestido. Quería librarse de ellos antes de que la contaminaran.

Era demasiado tarde. La ropa no era el problema. Ashley apoyó una mano en el espejo y bajó la cabeza. Durante años había tenido el empeño de no seguir los pasos de su madre. No se vestía para un hombre ni para intentar atraer su atención. No comerciaba con su aspecto. Sin embargo, allí estaba, el juguete de un hombre rico.

La única diferencia estribaba en que su madre había trabajado mucho para ganarse la atención de Donald Jones. Había requerido estrategia convertirse en su amante. Había intentado mejorar su estatus y convertirse en una esposa trofeo gracias a un embarazo no planeado. Por desgracia, Linda Valdez no había sido el trofeo favorito de Donald.

—No te pareces nada a mamá –se susurró a sí misma. Una vez había pensado que su madre era tan perfecta como una princesa de cuento y había querido ser como ella. Pero, cuando Linda fue haciéndose mayor y Donald siguió negándose a casarse con ella, se volvió insegura. Sabía que su belleza se apagaba y que estaba perdiendo la batalla contra sus jóvenes competidoras.

Linda Valdez había sido bella, pero frágil, celosa y tempestuosa. Ashley había visto el lado oscuro del amor y de la pasión incluso antes de que su madre matara a Donald para seguidamente pegarse un tiro ella misma.

Ashley tenía dieciocho años cuando ocurrió. Antes de ese terrible suceso había mantenido las distancias respecto a los hombres. Mientras se debatía contra las consecuencias y el escándalo del asesinato-suicidio, supo que nunca permitiría que el amor o el sexo influyeran en su vida. Había reprimido su naturaleza apasionada y se había escondido en Inez Key. No le importaba ser célibe. Había creído que el sexo no se merecía tantas lágrimas y dolor de corazón.

Había veces que el aislamiento era casi insoportable. Pero era mejor que la relación de sus padres. Había estado dispuesta a pasar su vida así hasta que Sebastian apareció en su isla.

Había bajado la guardia ante su encanto y sus atenciones. Una noche con él y había perdido el control de su vida tranquila y contenida. Incluso un mes después, le resultaba difícil contenerse. Era demasiado consciente de él. Necesitaba demasiado sus caricias.

Sebastian había avivado su miedo más profundo: que Ashley era digna hija de su madre. Aunque era más fuerte y disciplinada, había sido una salvaje en brazos de Sebastian. El deseo había sido primitivo, casi incontrolable. No había vuelto a ser la misma. No quería sentir la cima de la pasión porque sabía que la caída y el dolor eran inevitables. Si no tenía cuidado, sucumbiría al mismo tormento que su madre.

Sebastian miró el reloj y fue hacia la puerta del vestidor. No estaba acostumbrado a esperar a una mujer. Seguían sus horarios y no le causaban inconveniencias. Ashley tenía que aprender que no era distinta. No le daría ningún trato especial.

—Ashley, no soy un hombre paciente. Es hora de irnos.

Aunque le habría gustado quedarse en casa y redescubrir las curvas de Ashley, esa era una fiesta que no podía perderse. No lo haría. La apertura de su último club recaudaría mucho dinero para beneficencia. Su antiguo vecindario necesitaba el dinero. Aun así, sentía la tentación de quitarse el traje gris, tirar la puerta abajo y reclamar a Ashley. Tuvo una erección al imaginarse hundiéndose en su deseable cuerpo.

—¿Ashley? —la llamó.

—Vete sin mí —dijo ella a través de la puerta.

Sebastian cerró los ojos e inhaló con fuerza. Tendría que haber sabido que protestaría y se quejaría. Herederas. Daba igual que calzaran zapatos de tacón o sandalias. Todas sabían cómo tener una pataleta.

—Vas a venir conmigo —dijo en voz baja—. Ese es el acuerdo.

—De hecho, no acepté —replicó ella con voz alta y clara—. Dije que compartiría tu cama. No dije nada de vestirme como una ramera y dejar que me exhibieras para halagar a tu ego.

¿Ramera? Sebastian movió la cabeza. El vestido y los zapatos eran de una de las boutiques más exclusivas de South Beach. Había pagado a la peluquera y a

la maquilladora una cifra exorbitante para que le dieran a Ashley un aspecto natural.

Incluso si Ashley saliera de la cama envuelta en una
sábana arrugada, no habría parecido una ramera. Había
algo en su porte. Actuaba como una reina. Como si
fuera demasiado buena para el resto del mundo. Demasiado buena para él.

—Bien —dijo Sebastian apartándose de la puerta. Podía encontrar a otra mujer en cuestión de minutos.
Una tan agradecida por ir de su brazo que jamás lo re-
taría—. No quieres Inez Key tanto como dices. Es com-
prensible. En realidad, no es una isla tan especial.

—Espera —lo llamó ella.

Sebastian titubeó. Él no esperaba a nadie. Ese era
uno de los beneficios que obtuvo tras ganar su primer
millón. La gente que lo había ignorado y despachado
de inmediato había pasado a esperar interminable-
mente por un minuto de su tiempo. No tenía por qué
tratar a Ashley de forma distinta.

Sin embargo, no pudo evitar darse la vuelta, porque
deseaba a Ashley. No le servía ninguna otra mujer.
Había invadido sus sueños y capturado su imaginación. Cuando Ashley abrió la puerta, desafiante, se
quedó sin aire.

El largo cabello castaño caía por debajo de sus
hombros en espesas ondas. Cerró las manos al recordar su suavidad y pesadez. Solo su ceño empañaba su
exquisita belleza.

No podía dejar de mirarla. El vestido de cuero fino
era perfecto para Ashley. Su diseño informal le hizo
pensar en las camisetas que ella solía llevar y el color
naranja tostado le recordó la puesta de sol que habían
compartido en Inez Key.

—Perfecto —dijo con voz ronca.

–¿Lo has elegido tú? –ella pasó las manos por los adornos metálicos que daban al sencillo vestido un toque especial.

Él negó con la cabeza.

–Le dije a la estilista lo que quería –Sebastian había buscado algo que simbolizara el fin de semana que habían compartido en Inez Key. No había sabido que el vestido se pegaría a sus curvas y acentuaría el tono dorado de su piel. Miró sus largas y esbeltas piernas. Al recordarlas rodeando su cintura, tuvo que tragar saliva.

–Es demasiado corto –Ashley tiró del bajo que apenas cubría la parte superior de sus muslos–. Demasiado revelador. Demasiado...

–Endiabladamente sexy –gruñó él.

Ashley se quedó sin aliento al ver a Sebastian avanzar. Dio un paso atrás y chocó con el marco de la puerta. Él se movía despacio, como un felino listo para saltar, y se quedó inmóvil como una presa impotente. El corazón parecía a punto de explotarle en el pecho.

No estaba segura de cómo iba a salir de esa situación. No estaba segura de querer hacerlo. Le gustaba cómo la miraba. Le gustaba la tensión que los rodeaba, excluyendo todo lo demás. Se sentía bella, poderosa y vibrante. Solo Sebastian hacía que se sintiera así.

Se preguntó cuántas otras mujeres se habían sentido así con él. Cuando estaba a punto de llegar a su lado, Ashley alzó la mano para detenerlo. Deseó que no viera el temblor de sus dedos.

–No tan rápido –le dijo.

–No te preocupes, mi vida –dijo él con voz profunda y seductora–. Será lento y pausado.

–No me refería a eso –sintió el calor teñir su rostro al imaginarse a Sebastian explorándola, tomándose su tiempo mientras ella le rogaba que llegara al final. Mientras le suplicaba más–. Primero, hay que sentar unas reglas básicas.

–No lo dices en serio –él enarcó una ceja.

A ella le costaba creer que las amantes no tuvieran derecho a negociar. Lo que había entre ellos era un trato de negocios.

–No le hables a nadie de nuestro acuerdo –exigió Ashley cruzando los brazos para interponer una barrera entre ellos. Sabía cómo alardeaban los hombres. Recordaba haber oído a su padre comentar sus conquistas a cualquiera que quisiera escucharlo. Las historias se hacían más atrevidas y picantes mientras los hombres competían por ser más que los otros–. Esto es un asunto privado.

Sebastian la observaba atentamente. No habría podido decir si lo ofendía su petición o si no sabía por qué era importante para ella.

–No hablo de mi vida privada –le confió él en voz baja–. Y no dejaré que nadie hable de ti.

Ashley parpadeó. No esperaba esa respuesta ni la sinceridad que vio en sus ojos oscuros. Sebastian Cruz era un buen mentiroso. Sabía lo que ella quería oír. Si no hubiera sabido que él diría o haría cualquier cosa para salirse con la suya, casi lo habría creído.

–¿Algo más? –farfulló él, acercándose y dominándola con su altura.

Ashley sintió el latir de su pulso en la base del cuello. Su aroma y su calor la excitaban. Pero tenía una exigencia innegociable. Si le negaba eso, se iría de allí de inmediato.

–Tendrás que utilizar protección.

Él estiró el brazo y pasó un nudillo por su mandíbula. Ella se estremeció de anticipación por la gentileza del contacto.

–Siempre lo hago.

–¿Siempre? –lo retó ella. Los mujeriegos no solían pensar en el futuro. Se centraban en la gratificación inmediata. Eran las mujeres quienes tenían que protegerse y ocuparse de las consecuencias.

–Siempre –repitió él, deslizándole los dedos por el cuello y el hombro–. Cuido de mis amantes.

–Y no querrías que una cazafortunas se quedara embarazada y viviera de tu dinero –dijo ella. Sin duda, esa era la razón. No tenía nada que ver con ceder el control.

–¿Alguna regla más? –preguntó él, tras asentir.

–No... –Ashley se pasó la punta de la lengua por los labios. Quería crear una lista de reglas, pero su mente estaba en blanco.

–Bien –Sebastian rodeó sus muñecas con los dedos. Firme y autoritario, le alzó las manos por encima de la cabeza. Ella gimió, odiando cómo su cuerpo se doblegaba al de él. Sus senos estaban apoyados en su duro pecho y sentía la presión de su erección en la pelvis. Sebastian la rodeaba–. Ahora tocan mis reglas –colocó un poderoso muslo entre sus piernas temblorosas.

Ashley tragó con fuerza. Tendría que haber supuesto que él también impondría reglas. Estaba dispuesta a rechazarlas todas, pero se sentía intrigada. Quería saber qué exigía de una mujer.

–Primero –dijo apoyando la boca en su pómulo–, estarás a mi disposición las veinticuatro horas del día.

–No pides mucho, ¿verdad? –preguntó ella con sarcasmo, pero dominada por la excitación.

–Y tú no puedes esperar lo mismo de mí –dijo Sebastian besando la curva de su cuello. Ella no pudo evitar arquearlo para facilitarle el acceso–. Cuando te desee, te haré buscar.

Eso sí que lo había esperado de Sebastian. Él decidiría cuándo y dónde. Cualquier aventura tenía que encajar con su horario y la mujer tendría que aprender a adaptarse.

–Tal vez no lo entiendas –dio Ashley, cerrando los ojos al sentir su cálido aliento en la piel–. No soy el tipo de mujer que se sienta a esperar.

–Lo serás conmigo –su boca se acercó a la vena que latía en la base de su cuello. Trazó un círculo con la punta de la lengua, demostrándole que sabía lo que eso le hacía sentir–. La espera merecerá la pena.

–Hablas mucho... –tragó aire, agitada.

Él tomó sus mejillas entre las manos y la besó. Ella estaba lista para defenderse, pero la desarmó de inmediato. Introdujo la lengua en su boca y ella perdió el control, siguiendo su ritmo mientras el deseo la quemaba por dentro.

Cuando se apartó, Ashley vio la mancha de carmín en su boca firme y cómo sus ojos destellaban con conocimiento de causa.

–Sé cuánto deseas esto. Cuánto me deseas.

Ella estaba avergonzada de su respuesta. Humillada porque había sido él quien había interrumpido el beso. Se sentía abrasada, derretida. Sebastian sabía exactamente cómo tocarla. Quería más y al mismo tiempo quería ponerle fin. Necesitaba asumir el control y al mismo tiempo deseaba lanzar la cautela al viento.

–¿Algo más? –le preguntó con voz ronca.

–Espero obediencia total de mis mujeres –dijo él,

trazando círculos alrededor de uno de sus pezones con un dedo.

Ella dio un respingo. No estaba segura de qué parte de esa regla la molestaba. Tal vez el que la hubiera incluido en un grupo al que denominaba «sus mujeres». O la parte de la obediencia. No iba a permitir que ese hombre, ni ningún otro, la dominara. No era un juguete.

—Seguir reglas nunca ha sido mi fuerte.

—Aprenderás. Lo único que necesitas es la motivación correcta —Sebastian sonrió mientras deslizaba las yemas de los dedos por sus costillas.

—No puedo prometerte obediencia —dijo ella entre jadeos. La caricia era ligera como una pluma, pero su efecto era devastador—. De hecho, no lo haré.

—Puedo hacer que prometas cualquier cosa.

Ella deseó soltar una risa amarga. Apartar su mano de un golpe. Decirle que se equivocaba. Pero en el fondo sabía que Sebastian podía tener ese poder, y no quería comprobarlo.

—Estás muy seguro de ti mismo.

Él no contestó. En vez de eso, abrió la mano entre sus muslos. Sus ojos adquirieron un brillo diabólico cuando se dio cuenta de que no llevaba nada bajo el vestido. Murmuró su aprobación mientras empezaba a acariciar su sexo.

Ashley cerró las piernas, pero era demasiado tarde. Sebastian no iba a permitir que eso lo desalentara. Soltó una carcajada triunfal al notar su respuesta. Ella desvió la mirada cuando el calor líquido inundó su cuerpo.

—Mírame —ordenó él.

Ashley negó con la cabeza. No podía mirarlo a los ojos y mostrarle cómo se sentía. Cómo hacía que se sintiera. Pero, a juzgar por sus expertas caricias, era obvio que ya lo sabía. La humillación la abrasaba, pero aun así se apoyó contra su mano.

No podía mirarlo. Y no podía decirle que parase. No quería apartarlo. Sentía un fuego devorador recorriendo su cuerpo. Temía que parase si no seguía sus órdenes.

–Mírame –gruñó Sebastian.

Ella apretó los ojos y negó con la cabeza. Un gemido gutural escapó de lo más profundo de su pecho cuando Sebastian puso el dedo en el centro de su placer. Ashley sentía su mirada ardiente, sabía que lo veía todo. Sabía lo que deseaba y no podía imaginarse lo que haría si él se contenía. Dios, tal vez no se detuviera hasta que ella le revelara su necesidad y su más oscura fantasía.

–Ashley –la voz de él sonó salvaje y urgente.

Tuvo que abrir los ojos y se encontró con los de él cuando el clímax asolaba su cuerpo. Abrió la boca y tensó los músculos mientras perseguía el placer. Sebastian lo veía todo, no podía esconderse. Se preguntó si iba a utilizar lo que acababa de ocurrir en su beneficio.

Despacio, casi con desgana, él se apartó. Ashley, dolorida por la pérdida, se apoyó en la pared. Le temblaba el cuerpo. Quería agarrarse a él, pero no se atrevía.

–Obediencia total –le recordó él.

Sus palabras fueron como una bofetada. Tal vez acababa de darle una muestra de su dominio. ¿Quería probarle que podía conseguir lo que quisiera de ella? Ashley se estiró el vestido. No iba a rendirse a su voluntad.

–No, Cruz –dijo, esforzándose por mantenerse en pie–. Eso no ocurrirá nunca.

–¿Aún no has aprendido, Ashley? –preguntó él con un brillo retador en los ojos–. Siempre consigo lo que quiero.

Capítulo 4

ASHLEY, de pie en la zona VIP del club de baile de Sebastian, no podía evitar sentirse como si estuviera al otro lado de un espejo. Las luces que destellaban eran hipnóticas y los bailarines se movían como si estuvieran en trance. Nunca antes había visto un sitio como ese. Era fantástico. De otro mundo y levemente aterrador.

Y era parte del reino de Sebastian. Desde el momento en que entraron, había sentido la corriente de interés y admiración. Al principio se había sentido incómoda estando en el candelero, pero mientras Sebastian hablaba con distintos miembros de la élite de Miami, comprendió que era invisible para los invitados. Buscaban la atención de Sebastian y no sentían ninguna necesidad de hablar con ella. Solo era un adorno en su brazo. Un accesorio caro.

Tendría que haber agradecido que nadie le prestara atención. Reconoció a algunos amigos de sus padres, pero ellos no parecían recordarla. Se sentía pequeña e impotente en el oscuro club. Más de una vez, se había preguntado hasta qué punto el club reflejaba la personalidad de Sebastian. Era un lugar oscuramente sensual y seductor. La música pulsaba desde el suelo y, aunque intentó ignorar el ritmo carnal, los latidos de su corazón se acoplaron al tempo.

No quería estar allí, rodeada de gente que había

disfrutado de la caída de sus padres. Ashley deseó estar de vuelta en Inez Key. Un lugar tranquilo y relajante. Sereno y predecible. Era su sitio. Había sido su reino.

Pero a veces había necesitado escapar, y Sebastian lo había percibido. Recordaba cuánto se había divertido ese fin de semana que él le había dejado sacar su barco a dar una vuelta.

La oferta había sido demasiado tentadora para resistirse. Le encantaba el mar y había querido probar la motora. En ese momento había pensado que aceptar no tenía nada que ver con el hecho de que así tendría toda la atención de Sebastian.

Ashley había sabido que el barco cortaría las olas y alcanzaría una gran velocidad. Había querido dar una vuelta y olvidar Inez Key y sus problemas financieros durante unas horas.

Recordaba la cálida sonrisa de Sebastian mientras le decía que parecía estar intentando hacer que se cayera del barco. Tal vez ella había pretendido poner a prueba su valor, descubrir si su control no era más que fachada. Quería saber cuánto tardaría en quitarle el timón.

Pero Sebastian no lo hizo. Siguió tirado en el asiento que había a su lado, con los brazos estirados y las gafas de sol sobre la nariz. Relajado y sin atisbo de preocupación, pero alerta, mientras el barco volaba sobre las olas. Solo le había ofrecido algún consejo cuando titubeaba. La tensión sexual burbujeaba bajo sus bromas, pero ella había disfrutado de su compañía.

Ashley no podía sino preguntarse si ese entendimiento había sido real o parte de su seducción. ¿Había actuado así para que bajara la guardia o había disfrutado de esos momentos? A juzgar por el club en el que estaban, el sencillo bienestar de una tarde soleada tendría que haberle resultado indiferente.

Levantó la vista y casi se le paró el corazón al ver a las parejas bailar con entusiasmo en la pista. Sus movimientos eran atrevidos y sugerentes. Se ruborizó y se removió con incomodidad. Ya era demasiado consciente de Sebastian y anhelaba su contacto. No necesitaba nada más que diera alas a su imaginación.

Cerró la mano sobre su pequeño bolso y luchó contra el deseo de irse. El club era misterioso y fascinante. Peligroso. Igual que su dueño. Si bajaba la guardia la música la atraparía. La atmósfera relajaría sus inhibiciones. Eso podía arruinarla. Llevarla a un punto de no retorno.

Ashley estudió la cabina del DJ y las pequeñas zonas VIP que rodeaban la pista de baile. Reconoció a algunas estrellas de cine y atletas profesionales en los enormes sofás blancos, con celebridades y modelos. Todas las chicas eran glamurosas, con pelo salvaje y curvas generosas.

–¿Qué tal está tu madre?

Ashley se giró rápidamente al oír la pregunta. Un trío de bellas mujeres rodeaba a Sebastian. No sabía cuál de ellas había hecho la pregunta. Todas se parecían: pelo largo, maquillaje impecable y coloridos vestidos que las envolvían como diminutas toallas de ducha.

–Se recupera bien –dijo Sebastian, antes de cambiar de tema. Momentos después, el grupo de mujeres se reía y lo miraba con adoración.

Ashley se preguntó si ella era la única que notaba cómo se suavizaban sus rasgos cuando mencionaba a su madre. O el destello de preocupación que ocultaba de inmediato. Deseó no haberlo visto. No quería saber nada de él. Cuanto menos supiera de su vida privada, mejor.

Lo suyo era un trato de negocios y necesitaba mantener la distancia emocional. Tenía una breve relación sexual con Sebastian y no hacía falta que lo amara o lo respetara, ni siquiera tenía por qué gustarle.

Daba igual que le hubiera parecido fascinante y excitante cuando se conocieron. Sebastian había estado representando un papel. O tal vez no. Había creído ver atisbos del Sebastian real en los momentos más tranquilos que pasaron en Inez Key. Era como si la vida de la isla le hubiera arrancado la máscara de dureza y revelado su naturaleza romántica.

Decepcionada, se recordó que ese no era su auténtico carácter. Ella no iba a ser como su madre, que se aferraba a los escasos gestos de consideración de su benefactor y montaba un cuento de hadas con ellos. Sebastian nunca conseguiría que ella dejara de considerarlo un mujeriego despiadado y frío sin corazón.

–¡Sebastian!

Ashley alzó la cabeza al oír la voz masculina resonar por encima de la música. Vio a un hombre grande y musculoso acercarse a Sebastian con los brazos abiertos. El desconocido era de la misma edad que Sebastian, pero tenía la constitución de un gigante. La curvilínea rubia que había a su lado parecía diminuta en comparación.

–Omar –lo saludó Sebastian. A Ashley la sorprendió su amplia sonrisa y cómo se iluminó su rostro cuando abrazó a su amigo.

Sobre todo, le extrañó que Sebastian tuviera amigos. Podía ser encantador y un gran conversador, pero, por alguna razón, había supuesto que era un solitario.

–¿Quién es ella? –preguntó Omar, señalando a Ashley mientras Sebastian besaba a su compañera en la mejilla.

Ashley sintió un pinchazo de miedo. Era obvio que Omar era un buen amigo. Se preguntó si Sebastian mentiría para no avergonzarla. Aunque le hubiera hecho una promesa, su amigo tendría más importancia que una amante temporal.

Tenía que adelantarse antes de que él demostrara el poco control que ella tenía de la situación.

—Soy Ashley —dijo, ofreciéndole la mano.

—Omar y yo crecimos en el mismo barrio antes de que él se convirtiera en una estrella del fútbol americano —dijo Sebastian, rodeando la cintura de Ashley con un brazo.

Ashley intentó encajar esa nueva información en lo que sabía sobre Sebastian. No había esperado que valorara las amistades de su pasado. Había visto a unos cuantos hombres hechos a sí mismos descartar a sus viejos amigos mientras establecían alianzas estratégicas. Sebastian no era tan despiadado o ambicioso como había creído.

—Esta es mi esposa, Crystal —Omar presentó a la rubia.

—Encantada de conocerte —dijo Ashley. La mujer era guapa, pero reconoció las sutiles señales de varias operaciones de cirugía estética. La mayoría de las mujeres a las que había conocido mientras crecía tenían la misma frente lisa, labios hinchados y pechos impresionantes.

—Me gusta tu vestido —dijo Crystal, mientras los hombres hablaban entre ellos.

—Gracias —Ashley tiró del bajo de la prenda. Seguía sintiéndose incómoda con él, pero no era tan revelador como el de Crystal. La mayoría de las mujeres del club lucían vestidos que se sujetaban a su cuerpo con poco más que cinta adhesiva de doble cara y una oración.

–¿De quién es? –Crystal echó un vistazo a su conjunto como si estuviera calculando su precio.

Ashley recordaba eso del mundo social al que había pertenecido. Lo importante era encontrar el bolso o el vestido de diseño que nadie más tenía.

–Olvidé preguntar quién era el diseñador.

Crystal movió la cabeza como si no pudiera creer que Ashley hubiese olvidado algo tan importante.

–¿Cómo os conocisteis? –preguntó, señalando a Sebastian con la cabeza.

Ashley no tenía preparada una historia, pero sabía que tenía que ser cuidadosa. Lo mejor era acercarse a la verdad lo más posible.

–Lo conocí hace un mes. Nos gustamos de inmediato.

–Me sorprende –dijo Crystal estudiando a Ashley como si estuviera catalogando sus fallos y lacras–. No eres su tipo.

–¿Cuál es su tipo? –preguntó Ashley, aunque no estaba segura de querer oír la respuesta.

–¿No lo sabes? –Crystal se rio, incrédula.

–No supe quién era Sebastian en realidad hasta que fue demasiado tarde –se encogió de hombros.

–¿Cómo es posible eso? Sale en las noticias todo el tiempo. En las páginas financieras y en las de cotilleo. ¿Has estado viviendo bajo una piedra?

–Más bien en una isla desierta.

Crystal arrugó la frente como si no estuviera segura de si bromeaba o decía la verdad.

–Bueno, yo diría que las mujeres de Sebastian son más...

–¿Rubias? –apuntó Ashley–. ¿Curvilíneas? ¿Vacuas?

–Exitosas –la corrigió Crystal.

Los músculos de Ashley se tensaron. No estaba orgullosa del lugar que ocupaba en la vida. Había perdido estatus y riqueza. Su mundo había empequeñecido y no estaba a la altura de Sebastian. Pero había conseguido más de lo que habría creído posible. Había cuidado de las familias de Inez Key. Había mantenido su hogar en la isla con poco más que ingenio y trabajo duro. Su mayor éxito había sido convertirse en una mujer que no se parecía en nada a su madre.

Ashley estaba orgullosa de no haberse derrumbado por la carga que había caído sobre ella cinco años antes, pero no iba a compartir eso con Crystal ni con nadie de ese club. Le quitarían importancia y se reirían de ella. Recordaba ese mundo; los invitados solo querían ser vistos. Nunca entenderían que su mayor éxito hubiera sido crearse una vida pacífica lejos de los focos.

–¿Exitosas? Quieres decir famosas, ¿no?

–Son las mejores en su campo, o famosas por su filantropía y sus esfuerzos humanitarios. Ha salido con directivas y atletas de élite. Políticas y princesas –apuntó Crystal.

–Supongo que no se siente amenazado por los logros de una mujer –sonrió, tensa. Si era así, no entendía qué hacía con ella. Nunca había destacado en los estudios y había abandonado la universidad tras el primer semestre. No tenía talentos especiales. Solo ambicionaba la vida familiar feliz que nunca había tenido.

–No me malinterpretes –siguió Crystal, como si sus palabras no hubieran herido a Ashley–, también ha estado con supermodelos y artistas de cine. Pero no le interesan las mujeres que solo buscan convertirse en esposas o novias.

Por lo visto, no tenía esa regla respecto a las queridas. Ashley se mordió la lengua. Ella no había buscado ese puesto, él la había chantajeado porque carecía de poder y de amigos influyentes.

–Tengo la sensación de haberte visto antes –Crystal ladeó la cabeza.

Ashley se puso rígida. Recordaba ese tipo de comentarios. La gente no tardaba en relacionarla con uno de los escándalos de su padre.

–Hace años que no vengo a Miami.

–¿Has salido en las noticias últimamente? Tengo que admitir que devoro las noticias –Crystal puso una mano enjoyada sobre su impresionante escote–. Televisión, periódicos, blogs, prensa amarilla. Lo leo todo.

–No, no he hecho nada que sea noticia.

–Crystal, están tocando nuestra canción –dijo Omar, rodeando la muñeca de su mujer con una mano–. Es hora de salir a bailar.

Sebastian observó cómo Ashley fruncía el ceño. No había hablado mucho. Aunque estaba a su lado, no prestaba atención al entorno.

Se preguntó si estaba pensando en cómo se desharía entre sus brazos. No sabía que él tampoco podía dejar de pensar en la noche mágica que tenían por delante. Ni que se aseguraría de que ella perdiera el control antes que él.

No sabía cuánto tiempo más podría aguantar. Tenerla a su lado era una prueba. Tenía cuidado de no tocar su piel o dejar la mano sobre la curva de su cadera. Cuando empezara, no pararía.

–Sonríe, Ashley –dijo.

–Estoy sonriendo.

–No es verdad –agachó la cabeza y posó la boca en su oreja. Ella se estremeció–. Pero conozco una manera de hacerte sonreír.

–Estoy sonriendo –apartó la cabeza y le mostró los dientes–. Sonrío, ¿lo ves?

–¿Podrías parecer cariñosa en vez de sedienta de sangre?

–¿Por qué? Las únicas personas que me han mirado han sido Omar y Crystal –se tiró del bajo del vestido–. No me malinterpretes, Cruz. Me alegro de estar irreconocible. Supongo que tengo el mismo aspecto que el resto de tus queridas.

Él nunca había tenido una querida, pero ella no tenía por qué saberlo. No quería que pensara que era especial o distinta. Había tenido muchas amantes, pero nunca había tenido que pagar para tener derechos exclusivos sobre una mujer.

–¿Cuánto tiempo más tenemos que quedarnos?

–¿Anhelas la cama, mi vida? –él lo hacía, sin duda. No se había sentido tan desesperado desde que era adolescente. Le costaba hacer vida social cuando estaba deseando arrastrar a Ashley al dormitorio.

–No, estoy harta de actuar como si supiera lo que pasa –apretó la mandíbula–. Tus invitados hablan de gente a la que no conozco y de sitios en los que no he estado. No sabía que estabas recaudando fondos para una obra benéfica hasta que convenciste a esa mujer para que duplicara su donación. ¿Adónde irá el dinero?

–A mi antiguo vecindario –replicó él. Cerró los ojos e intentó borrar el recuerdo de las paredes cubiertas de grafitis y el olor a basura podrida.

–¿Podrías ser un poco más exacto?

–No reconocerías la dirección. Es el gueto –dijo él con tono desafiante. Él tendría que haber disfrutado de una infancia tan idílica como la de Ashley. La de ella había sido lujosa y sin preocupaciones, la de él, difícil e insegura. Había tenido que luchar por sí mismo y por su familia.

Hacía años que había dejado el gueto, pero allí había desarrollado su instinto de supervivencia. Había aprendido a estar alerta, a luchar y a acabar con cualquier amenaza potencial antes de que ganara poder. Esas reglas lo habían ayudado en la calle y en la construcción de su imperio.

–Tienes razón –ella pestañeó–. No sé dónde está, pero solo porque no salgo mucho. Y el dinero es ¿para...?

–La clínica médica –aclaró él, observándola.

Ashley no demostraba compasión, miedo o desdén. Solo educado interés. Dada su vida protegida y privilegiada, se preguntó si entendía que vivir en el gueto era como cumplir condena en prisión.

–Bailemos –dijo, agarrando su mano. No podía esperar más. Necesitaba sentir esas curvas pegadas a su cuerpo.

–No bailo –Ashley clavó los tacones en el suelo.

Sebastian se giró hacia ella.

–No bailas. No bebes. No vas a fiestas –no creía ni una palabra. Conocía a muchas herederas y famosas. Vivían para ser vistas en los sitios correctos con la gente adecuada–. ¿Qué haces?

–Nada que pueda interesarte –Ashley se encogió de hombros y desvió la mirada.

No tendría que interesarle. A Sebastian no le importaba lo que hacían las mujeres cuando no estaban con él. No quería saber nada de sus trabajos, sus aficiones o pasiones. Pero Ashley lo intrigaba.

–No tienes citas.

–No he dicho eso –ella lo miró de reojo.

–Fui el primero –le recordó él. Por alguna razón, eso era importante para él. Tal vez porque había sido su primera virgen. No le gustaba esa vena posesiva que lo hacía desear tenerla cerca.

–He estado ocupada –dijo ella, intentando escabullirse de su brazo.

–Ocupada haciendo ¿qué? –preguntó él tirando de ella–. Vives en un paraíso tropical. No tienes trabajo u obligaciones. La mayoría de la gente mataría por tener ese tipo de vida.

–¿Es eso lo que crees? –se detuvo bruscamente y apretó los labios–. Sí, seguro. Mi vida es perfecta. Por eso hago lo que sea por conservarla.

Sebastian achicó los ojos mientras observaba la expresión velada de Ashley. Se preguntaba qué ocultaba. Iba a insistir cuando sintió una mano femenina en el brazo.

–¿Sebastian?

Reconoció la voz culta de inmediato. Soltó a Ashley y besó la mejilla de su antigua enamorada.

–Hola, Melanie.

–¿Quién es? –la rubia miró a Ashley.

Sebastian contuvo un suspiro. Siempre ocurría lo mismo cuando una examante conocía a la nueva. Lo cansaba esa actitud territorial.

–Melanie, te presento a Ashley Jones. Ashley, esta es la doctora Melanie Guerra. Trabaja en la clínica médica.

–También soy tu predecesora –dijo Melanie, estrechándole la mano–. Creo que me lo robaste.

–¿Quieres que te lo devuelva? –preguntó Ashley esperanzada.

Melanie, sorprendida, dejó escapar una carcajada. Sebastian puso la mano en el brazo de Ashley y le lanzó una mirada de advertencia. No sabía qué haría Ashley y eso le resultaba raro.

–No, gracias –replicó Melanie, estudiando a Ashley–. Nuestra aventura fue muy breve; me dejó tras volver de una isla cercana a Florida. Recibí un ramo de flores, una pulsera de Tiffany y ninguna explicación. Ahora entiendo por qué.

Ashley se puso rígida, pero, para sorpresa de Sebastian, no contestó a Melanie. Aunque tenía el rostro inexpresivo, percibió el calor de su ira.

–No supone ninguna mejora respecto a mí, ¿verdad, Sebastian? –Melanie sonrió tras dejar caer esa bomba y se alejó con la cabeza muy alta.

–Te pido disculpas, Ashley –dijo él–. Melanie no es famosa por su tacto o sus modales.

–Seguro que eso no fue lo que te interesó –contestó Ashley con ojos airados–. Estabas saliendo con ella cuando te acostaste conmigo. ¿Estás con alguien ahora?

–Estoy contigo –no quería a nadie más. Ninguna mujer era comparable a ella.

–¿Hay alguien más? –insistió ella.

–¿Y qué si lo hubiera? –le espetó. Ashley no tenía ningún derecho ni poder sobre él y no dejaría de recordárselo mientras durara su trato–. ¿Qué harías? ¿Qué podrías hacer?

–Me iría –alzó la barbilla con orgullo.

–No, no lo harías –se mofó él. No lo dejaría. Ella había aceptado el acuerdo porque quería explorar el placer que compartían.

–Inez Key lo es todo para mí, pero...

–No tiene nada que ver con la isla –Sebastian no iba a dejar que se ocultara tras esa razón–. Probaste lo que hay entre nosotros y anhelas más.

–No es así –Ashley se cruzó de brazos y lo miró con ira.

–Está bien, mi vida –dijo él con tono confidencial–. Yo también lo anhelo.

–Claro. Eres insaciable –arguyó ella–. No importa con quién te acuestes siempre que haya una mujer en tu cama. Eres como todos los hombres que se dejan dominar por la lujuria y...

–No soy un animal –refutó él con enfado–. No me acuesto con todas las mujeres que flirtean conmigo. Puedo controlar mis instintos más básicos. No estoy seguro de que tú puedas.

Ella dio un paso atrás. Él vio sorpresa y culpabilidad en sus ojos marrones.

–¿De qué estás hablando? –le preguntó.

–Estas deseando acostarte conmigo –afirmó él, satisfecho. Sabía que cuando estuvieran solos se volvería loca. La anticipación hacía que le hirviera la sangre.

–Estoy deseando que nuestro acuerdo termine, si es a eso a lo que te refieres. Y no has contestado a mi pregunta. ¿Estás con otra mujer?

–No tienes derecho a preguntarme eso.

–¿Porque soy tu querida? –se echó el pelo hacia atrás y enarcó una ceja.

–Exacto –él abrió los brazos con exasperación–. No entiendes cómo funciona este trato.

–Y tú no pareces entender cómo funciono yo –le replicó–. Si tienes una relación con alguien, me iré. Si juegas conmigo, te arrepentirás.

–Perderás la isla –la amenazó.

–Y tú no pasarás otra noche conmigo –le dijo ella con falsa dulzura–. Esos anhelos tuyos se harán más fuertes y tendrás que aguantarte.

Sus miradas se encontraron. Sebastian pensó que era hora de darle una lección. Sospechaba cuánto la deseaba y estaba probando su poder sobre él. No iba a permitir que lo hiciera.

–¡Sebastian! –exclamó una voz deleitada. La mujer se lanzó a sus brazos.

Sebastian apenas reconoció a la modelo que había coqueteado con él hacía unas semanas, ni siquiera recordaba su nombre.

–Hace siglos que no te veo –declaró la modelo antes de besarlo en la boca.

Sabiendo que Ashley observaba, Sebastian no se apartó. No iba a permitir sus exigencias.

Ashley sintió una intensa oleada de celos. Deseaba apartar a la otra mujer, pero también sentía la necesidad de herir a Sebastian como él la estaba hiriendo. Desvió la mirada, incapaz de verlo en brazos de otra mujer. Se negaba a vivir de esa manera, no toleraría escenas aunque eso implicara perder su hogar familiar para siempre.

Empezó a cruzar la pista de baile, sin mirar atrás. Ni siquiera sabía adónde ir. No tenía dinero para un taxi ni para una habitación de hotel. Pero le daba igual. Necesitaba irse de allí.

Salió e inspiró el aire cálido y húmedo. Una multitud esperaba para entrar en el club y los destellos de las cámaras de los paparazis la cegaron. Batallaba con sus emociones cuando sintió la mano de Sebastian en la cintura.

–Si me haces volver a correr tras de ti –susurró contra su oreja–, no te gustarán las consecuencias.

–No era mi plan –dijo ella con voz queda–. Y a ti tampoco te gustarán las consecuencias si vuelves a enfadarme.

–Te has puesto celosa –dijo Sebastian escoltándola a la limusina negra.

–No estoy celosa –eso supondría que lo que había entre ellos era más que sexo–. Simplemente, no comparto.

–Yo tampoco –le advirtió él.

–¿Adónde vamos, señor Cruz? –preguntó el chófer, abriéndoles la puerta para que subieran.

–A casa –dijo Sebastian.

–No voy a subir ahí contigo –Ashley movió la cabeza. Sabía que Sebastian podía alzarla en brazos y tirarla sobre el asiento.

–No estoy de humor para escenas –dijo él.

Ella percibió la atención de la multitud y los flashes de las cámaras. No quería audiencia, pero tenía que decirle a Sebastian lo que sentía.

–Te dije que no me van los juegos –murmuró–. Si vas a pasar el siguiente mes intentando ponerme celosa, acabemos con esto ahora mismo.

–Tienes razón –dijo Sebastian tras un tenso silencio–. No tendría que haber hecho eso y no me enorgullezco de ello –admitió–. Intentaba probar algo y me salió el tiro por la culata.

Ashley no lo miró. Sabía que era lo más cerca que iba a estar de recibir una disculpa, pero necesitaba más. Y él no iba a dárselo.

–No volverá a ocurrir. Lo prometo.

Ella alzó la vista, atónita. Vio en sus ojos sinceridad y arrepentimiento. No sabía si fiarse. Era seductor y mujeriego. Pero quería creerlo y eso la asustaba. Estaba dispuesta a creer que haría honor a su promesa sin razones para creerlo.

Comprendió que quería quedarse. Su cuerpo anhelaba sus caricias y sabía que se arrepentiría si se iba. Sebastian tenía razón; el acuerdo no se limitaba a Inez Key. Quería volver a experimentar ese exquisito e intenso placer.

Vio un destello de apetito sexual en los ojos de Sebastian. Subió a la limusina atenazada por la excitación. Le resultaba difícil respirar. Estaba lista para lo que deparara la noche.

Pero no se rendiría.

Capítulo 5

LA LIMUSINA recorrió lentamente las ajetreadas calles de Miami. Las brillantes y coloridas luces entraban por los cristales oscuros. Ashley miró la pantalla tintada que los separaba del conductor. Sabía que el chófer no podía verlos ni oírlos. Nadie podía. Estaban solos en un lujoso refugio y la espera era una agonía.

El aire vibraba a su alrededor. El silencio la desgarraba. Ashley supo que la lujuria se había transformado en química y que Sebastian también sentía la magia oscura que había entre ellos.

Volvió la cabeza y lo miró con deseo. Percibió cada duro ángulo de su rostro y el corte de su traje gris. Se le paró el corazón un momento cuando vio sus rasgos tensarse de deseo.

–Ashley –dijo Sebastian con voz ronca.

Ella frotó las piernas una contra la otra y se estremeció. Había sonado a súplica y a advertencia. Él no quería esperar más. No podía.

–Cruz –jadeó Ashley. Se sonrojó mientras luchaba contra el abrumador deseo de tocar a Sebastian y aferrarse a él. Tomó aire e inhaló su limpio aroma masculino. Sintió que el calor invadía su cuerpo. Deseaba acercarse y hundir el rostro en su piel.

–Llámame Sebastian –le recordó él con voz suave. Ella vio el brillo de sus ojos. Él era el cazador y ella la presa. Ashley se quedó inmóvil, intuyendo que estaba a punto de atacar.

Pero él agarró su mano y se la llevó a los labios. Ella sintió una sensación de poder. Era una mujer normal, joven y con poca experiencia, pero podía hacer que el gran Sebastian Cruz temblara.

–Te deseo ahora mismo –Sebastian frotó los labios contra sus dedos–, pero sé que no estás lista. Necesitas algo más privado para perder el control. Sentirte segura antes de decirme exactamente lo que quieres.

Él sabía cómo se sentía. En su cama se volvería loca. Estarían solos. Sin interrupciones. Pero allí, en la limusina, sería cautelosa. No podría dejar de pensar en su entorno.

–No necesitas retraerte conmigo –Sebastian tomó sus mandíbulas con las manos. Ella se sintió un objeto delicado al notar sus largos dedos.

–No lo hago –mintió. Pero era cautelosa con todo el mundo. No solía actuar si no conocía el posible desenlace. No hablaba sin considerar las consecuencias.

–Cuidaré de ti, mi vida –dijo él con voz grave.

A ella le dio un vuelco el corazón. Quería creerlo. Quería creer que le importaba algo más que el momento, que la excitación de la caza. Que ella le importaba. Le gustaría pensar que veía el sexo como algo más que un deporte. Sin embargo, no podía permitirse el lujo de creer ese cuento de hadas.

–¿Les dices eso a todas tus mujeres? –intentó decirlo con ligereza, pero no pudo ocultar el tono cínico de su voz.

–Te lo estoy diciendo a ti –replicó él, cubriendo su boca con la suya.

La besó y ella se derritió contra él. Había soñado con ese momento cada noche desde que él había dejado Inez Key. No había sabido cuánto anhelaba sus caricias hasta entonces. Pero no era bastante. Necesitaba más.

El beso de Sebastian era lento y tierno. No era lo que ella quería. Quería sentir el calor y la pasión de la primera noche. Ashley besó a Sebastian con abandono.

Puso todo lo que sentía en el beso, y fue como acercar una cerilla encendida a un petardo. Algo en él se liberó y Ashley saboreó la intensidad de su pasión. Excitada, profundizó el beso aún más.

–Si no quieres esto –gruñó él contra sus labios–, dímelo ahora. Esta es tu última oportunidad de marcharte.

A Ashley la sorprendió que Sebastian le ofreciera una escapatoria. Dado su trato, ya no tenía por qué seducirla o enamorarla. Había pensado que tomaría lo que quisiera, y una parte de ella deseaba que no dejara la decisión en sus manos. Así no podría culparse a sí misma por desear o disfrutar sus caricias.

No podía desmadejarse allí, en el asiento trasero de una limusina. Hiciera lo que hiciera, no perdería sus inhibiciones. No mientras pensara que alguien podía verlos.

Sebastian, sin embargo, no parecía consciente de su entorno. O le daba igual. Esa vez, ella podía seducirlo mientras él se perdía en las sensaciones.

Tenía el control y ese poder casi la mareaba. Sabía que podía pedirle cualquier cosa y que él se la daría. Pero quería más. Ashley necesitaba que Sebastian se rindiera. Necesitaba ver que haría cualquier cosa, hasta entregar el control, solo por disfrutar de su sabor.

Pero... ¿cómo seducir a un seductor? ¿Era posible seducir a un hombre como Sebastian, que conocía todas las técnicas y trucos? Sabía que tenía que ser atrevida. Sin miedo, sin titubeos.

Ashley profundizó el beso. Le soltó la corbata y le desabrochó la camisa. A medio camino, apoyó las palmas en su cálida piel. Sebastian gimió contra su boca cuando enredó los dedos en el rizado vello oscuro de su pecho.

Deseando más, le quitó la chaqueta y la camisa y depositó una hilera de besos en su cuello. Sonrió al sentir el ritmo acelerado de su pulso.

Sebastian agarró su vestido entre las manos.

—Aún no —murmuró ella contra su pecho, deteniéndolo. No podía dejarse desnudar allí, en ese momento.

—¿Estás diciéndome qué hacer? —la pinchó él.

Ella pensó que para cuando acabara la noche él no se daría cuenta de que estaba siguiendo sus instrucciones. Le daría igual no estar al mando. Sebastian solo se fijaría en cómo lo volvía loco. Descubriría cuánto poder tenía sobre él.

—Te estoy diciendo que seas paciente —lo corrigió ella tirando de su cinturón para acercarlo—. Las cosas buenas les ocurren a los que esperan.

—Nunca he visto que eso fuera verdad.

—Confía en mí —dijo ella, sosteniéndole la mirada. El trato no los convertía en iguales, pero necesitaba su confianza tanto como sus caricias.

A Ashley la complació que Sebastian retirara las manos de su vestido y siguiera acariciándole las piernas. Sin dejar de mirarlo a los ojos, le desabrochó el cinturón y apoyó la mano en su erección. Siseó al notar lo grande y poderoso que era. Su memoria no había exagerado.

—No soy tan paciente —advirtió él mientras frotaba la palma contra su miembro.

–Es bueno saberlo.

Su seducción estaba funcionando. Había admirado la contención y paciencia que él había demostrado en Inez Key. Lo diferenciaba de los playboys a los que conocía. Ashley sabía que no era temerario ni impulsivo, pero también que tenía un límite.

Conocer su límite no lo hacía menos peligroso. Y en ese momento ella se sentía peligrosa, no podía parar. No estaba dispuesta a hacerlo.

Le bajó lentamente la cremallera de los pantalones, tiró de ellos y se los bajó. Sus ojos velados destellaron cuando lo tuvo medio desnudo ante ella, que admiraba su belleza viril.

–Ahora tú –su voz sonó espesa de deseo.

–Aún no –Ashley no estaba dispuesta a renunciar al poder que sentía. Quería marcar el ritmo o él tomaría la iniciativa.

Rodeó su grueso miembro con los dedos. Sebastian gruñó mientras lo acariciaba. Ella observó con fascinación cómo respondía a cada cambio de ritmo. Sentía su poder bajo los dedos y quería mucho más.

Se arrodilló ante Sebastian y lo tomó en la boca. Su intenso gemido de respuesta resonó en el coche mientras enredaba los dedos en su cabello. A ella le encantaba su sabor, volverlo loco de deseo. Disfrutó del pinchazo de dolor que sintió cuando él tiró de su pelo, llevado por la pasión.

Justo cuando creía que iba a llevarlo al límite, Sebastian se apartó. Ella murmuró su protesta cuando la alzó. No iba a permitir que le quitara ese placer. No cuando por fin había adquirido el coraje de asumir las riendas.

Ashley empujó a Sebastian para que se recostara y se sentó a horcajadas sobre él. Ya no parecía arrogante. Parecía feroz, casi salvaje.

Se sentía bella, segura. Tenía al hombre que había invadido sus noches y sus días a su merced.

—Espera —gruñó él. Estiró el brazo, sacó un preservativo de la cartera y se lo puso rápidamente. Ashley comprendió que estaba lejos de perder el control. Había tenido el sentido común de recordar la protección y ella no. Tal vez se engañaba al pensar que estaba al mando.

Ashley apoyó las palmas en sus anchos hombros justo cuando él agarraba sus caderas y la conducía hacia abajo. Ardiendo de calor, echó la cabeza hacia atrás y gimió mientras la llenaba.

Las sensaciones eran casi demasiado intensas. Balanceó las caderas mientras el placer la invadía en oleadas. Sebastian se inclinó hacia delante y capturó un pecho con la boca. Ella le suplicó más con palabras entrecortadas, mientras el fuego se encendía en su pelvis.

Él moldeó su trasero y apretó, animándola en español. Ella, sin entender todas las palabras, empezó a moverse con más fuerza, buscando el placer que no entendía ni controlaba. No tenía miedo porque sabía que Sebastian se ocuparía de ella. No dejaría que se acercara demasiado al fuego y se quemara.

Él agarró sus caderas y controló el ritmo. Ella apenas podía respirar. Veía la tensión de su mandíbula y el brillo lujurioso de sus ojos oscuros. Estaba desesperado por no perder el control. Quería ser el último en dejarse ir.

Ashley no iba a dejar que eso ocurriera. Ella estaba al mando. Le haría suplicar y sería quien decidiera el momento de su orgasmo.

Sebastian deslizó la mano al punto en el que estaban unidos. Presionó el dedo contra su clítoris y Ashley se quedó inmóvil. Arqueó la espalda y gimió cuando el clímax recorría su cuerpo. Su mente se quedó en blanco y ella se rindió al éxtasis.

–¡Sebastian! –el nombre sonó desgarrado. Ashley se dejó caer sobre él, débil y pulsante, cuando oyó su grito de liberación.

«Así que así se siente una siendo el juguete de un hombre rico», pensó Ashley en la cama horas después, desnuda y satisfecha. Sebastian estaba acurrucado a su lado, con un brazo en su cintura. Incluso dormido, hacía saber su dominio.

Se había convertido en su querida. Un suspiro escapó de su garganta mientras miraba la luna por la ventana. Era lo que había jurado no ser nunca.

Ashley sabía que debería estar avergonzada y odiándose a sí misma. Debería sentirse como si le hubieran robado un trozo de su alma. En cambio, se sentía protegida cuidada, adorada.

Se preguntó si su madre se había sentido así. Si por eso la vida de Linda había girado alrededor de Donald. Si era la razón de que reviviera cuando él entraba en la habitación.

Ashley se dio cuenta de que lo de su madre había sido mucho peor. Linda había cometido el error de enamorarse de su benefactor.

Giró la cabeza y miró a Sebastian dormir. Ella no cometería ese error. Podía desear a Sebastian, incluso estar encaprichada de él, pero no se enamoraría. Si lo hiciera no se recuperaría nunca.

Horas después, Ashley se lanzó a la piscina de color azul cristal que había en la azotea del ático de Se-

bastian. El agua le pareció fría y refrescante. La piscina estaba diseñada para tardes relajantes bajo el sol,
pero Ashley nadaba de un lado al otro tan rápido
como podía.

Adoraba el agua. Cuando estaba disgustada o preo-
cupada, encontraba la paz mirando las olas o nadando.
Pero ese día nada podía calmarla.

Intentaba agotarse mientras pensaba en lo que había ocurrido en la limusina. Y en el sexo fiero y salvaje que habían disfrutado cuando Sebastian la llevó
a la cama. Y esa mañana...

Se ruborizó. Llegó al borde de la piscina, giró y siguió nadando. Estaba convirtiéndose en una criatura sexual y no se veía dando marcha atrás. Necesitaba volver
a Inez Key antes de llegar a un punto de no retorno.

Ashley hizo una pausa al oír una salpicadura. Se
giró y vio a Sebastian nadando hacia ella.

Se le tensó el estómago al observar sus movimientos limpios y poderosos. No podía negar su fuerza y
masculinidad. Era imposible dejar de mirarlo. Pensó
en salir de la piscina para no acabar enredando su
cuerpo con el de él.

En cambio, siguió en el agua, observándolo acercarse con una mezcla de horror y excitación. Captó el
brillo divertido de sus ojos oscuros.

–Pensé que estabas en el trabajo –dijo. Había agradecido quedarse sola. Estaba acostumbrada a la soledad
y pensaba que pasar tiempo sin Sebastian la ayudaría a
romper el poder sexual que tenía sobre ella. Pero nada
de eso. Solo tenía que mirarlo para volver a estar como
al principio. La excitación le aceleró el pulso.

–He vuelto porque quería verte –replicó él, mirando la parte superior de su bikini.

Saber que tenía la capacidad de distraerlo del trabajo la alegró más de lo debido. Era muy probable que hiciera comentarios como ese a la mayoría de las mujeres.

—Encontré este bañador en el vestuario –dijo ella–. Había bastantes modelos.

—Son para los invitados –aclaró él, acercándose más–. No son de mis examantes, si es eso lo que estabas pensando.

Ella odió que su inseguridad resultara tan patéticamente obvia.

—Si tú lo dices –Ashley, al darse cuenta de lo cerca que estaba de ella, nadó hacia la esquina.

—¿Adónde vas? –de una brazada, Sebastian la arrinconó contra el borde de la piscina.

—Dios, eres insaciable –protestó ella.

—Fuiste tú quien me despertó esta mañana. No es que me importara...

Ella no quería pensar en eso. Había actuado sin pensarlo. Ni siquiera podía utilizar la excusa de que había estado soñando. Eso incrementaría aún más la arrogancia de Sebastian.

Ashley movió las piernas en el agua, pero se enredaron con las de él. Era muy consciente de su cuerpo. Su sólido pecho de piel tostada, la fuerte columna de su cuello y su sensual boca.

Él inclinó la cabeza y la besó. Ashley arqueó la espalda cuando sintió su mano en un seno y gimió cuando frotó su pezón con un pulgar.

—Tengo que pedirte un favor –jadeó.

—Estoy deseando oírlo –bajó la cabeza y le susurró al oído–. No tienes por qué ser tímida.

—Necesito visitar Inez Key –dijo ella.

—No –el tono quedo y autoritario la molestó casi tanto como la palabra.

–¿Qué quieres decir con «no»? –echó la cabeza hacia atrás–. ¿No te intriga por qué tengo que ir?

–No tienes autoridad ni responsabilidad respecto a la isla. Es mía.

–¿No gano ningún punto por pedir permiso? –movió la cabeza. No tendría que habérselo pedido. Si quería ir, iría. Gracias a una informativa conversación con Clea, Ashley sabía que Sebastian había llevado agentes de seguridad a Inez Key. Pero ella conocía los mejores escondites.

–Ni se te ocurra pensarlo –la boca de Sebastian formó una línea recta.

–No sabes lo que estoy pensando –dijo ella, saliendo de la piscina.

–Te arrestaré por invadir una propiedad privada.

Por lo visto, sí sabía lo que estaba pensando. No sabía si su rostro era demasiado expresivo o si sencillamente era predecible.

–Primero tendrás que encontrarme –dijo Ashley, alejándose. Se negaba a mostrarle que lo creía muy capaz de cumplir su amenaza.

–No llegarás lejos –dijo Sebastian, observándola desde la piscina.

Ashley agarró la toalla y volvió al ático con paso altivo. Era consciente de que Sebastian la observaba. Sentía la piel ardiente y tensa y sus caderas se balanceaban con cada paso. Esperó hasta desaparecer de su vista antes de rodearse el cuerpo con la toalla y correr escaleras abajo como si alguien la persiguiera.

Capítulo 6

UNA semana después, Ashley iba de un invitado a otro en el glamuroso cóctel que ofrecía Sebastian. Estaban en la azotea del hotel Cruz, en Jamaica. La brisa llevaba el aroma del océano y de la fruta tropical que ofrecían los camareros.

Ashley no estaba segura de por qué había asumido el papel de anfitriona. Podía decir que estaba aburrida o que se rebelaba contra los intentos de Sebastian para apartarla de la fiesta. La verdad era que quería demostrarle que era más que un objeto decorativo. Poseía destrezas que, aunque no dieran dinero, eran valoradas en determinados círculos.

Si Sebastian temía que lo saboteara, no tenía por qué preocuparse. Sabía cómo comportarse, qué ofrecer y cómo vestirse. Ashley no llevaba joyas, pero su sencillo vestido blanco hacía que sobresaliera entre los trajes oscuros y vestidos coloridos y llenos de volantes.

Además, se estaba asegurando de que todos se sintieran cómodos y bienvenidos. Sabía que esa fiesta había cambiado la forma en que Sebastian la veía. Captaba admiración y orgullo en sus ojos.

–Creía que no te gustaban las fiestas –dijo Sebastian cuando fue hacia él.

–¿Cuándo he dicho yo eso? –Ashley ladeó la cabeza como si intentara recordar–. No, dije que no iba a fiestas. Ni me acuesto al amanecer, ni voy de club en club. Nada de eso.

—¿Ni siquiera en la facultad? —Sebastian no ocultó su escepticismo—. Solo estuviste allí un semestre.

—¿Y crees que me echaron? —se preguntó por qué pensaba eso de ella. Había hecho tonterías cuando era adolescente, pero no se metía en líos—. No, me resultaba difícil. Siempre tuve problemas con las notas. Lo dejé cuando mis padres murieron. No tenía sentido seguir.

Ella nunca había querido estudiar. Sus padres la habían obligado por razones egoístas, pero no podía negar que la facultad había supuesto un respiro de la tensión que vivía en casa.

—Si eras tan mala estudiante, ¿cómo entraste en la facultad?

—Mi padre tiró de varios hilos e hizo una buena donación —admitió ella con una mueca.

—Tiene que haber sido agradable tener unos padres ricos —dijo él con frialdad—. Te abrieron puertas y te dieron muchas oportunidades.

—No es eso lo que hicieron —Ashley apretó con fuerza el tallo de su copa de champán—. Querían librarse de mí. Pero entiendo lo que dices. Recibí mucho. Tuve los recursos para convertirme en alguien. ¿Y cómo he acabado? Arruinada, sin hogar y como juguete sexual de un hombre rico.

—Tergiversas mis palabras.

Ella sabía lo que él quería decir en realidad. Que él habría conquistado el mundo si hubiera tenido esa clase de apoyo financiero.

—Puede que hayas tenido que salir del gueto a gatas, pero apostaría a que alguien te ayudó —farfulló Ashley—. Maestros, vecinos, parientes. Tal vez desconocidos amables.

–Te equivocarías.

Ashley sintió un pinchazo en el corazón. Sebastian había tenido un difícil y largo viaje hacia la cima. No podía imaginarse la fuerza y el sacrificio que había requerido llegar a donde estaba. Cuanto más sabía de él, más lo admiraba y respetaba. Eso hacía que le resultara difícil mantener las distancias.

–¿Y qué me dices de ahora? –preguntó, decidiendo cambiar de táctica–. Estoy segura de que harías lo que hizo mi padre. Si una de tus hermanas necesitara entrar en una escuela, conseguir un trabajo o una casa, utilizarías todo tu dinero e influencia para que lo consiguiera.

–Sí, lo haría –sus ojos destellaron, pero su rostro siguió impasible mientras tomaba un sorbo de champán.

–Y ella aceptaría esa ayuda –opinó Ashley–. Eso no la convierte en una malcriada.

–Claro que no. Espero que mis hermanas recurran a mí siempre que necesiten ayuda.

–¿Y yo soy una niña malcriada porque viví del dinero de mis padres? –preguntó ella–. Crees que no he trabajado ni un día en mi vida. Que me dedico a vaguear y a cuidar mi bronceado hasta que consiga un marido rico.

–¿Intentas decirme que no eras una heredera que disfrutaba de la buena vida?

–Disfruté viviendo en sociedad cuando no tenía que preocuparme del dinero o del futuro –admitió ella. Le enfermaba pensar en el dinero que había desperdiciado durante esos años–. Pero eso acabó cuando mi madre le pegó un tiro a mi padre. Mis amigos utilizaron su vínculo conmigo para vender las historias más salaces y falsas sobre mi familia. El dinero de mi pa-

dre se había agotado y heredé un desastre. Llevo cinco
años luchando para mantener lo que tenía.

–Podrías haber buscado un trabajo –farfulló él.

–No podía dejar Inez Key –tendría que haber sabido que no recibiría simpatía de Sebastian–. Todo el
mundo cree que vivo en el paraíso. Nadie quiere ver
más allá y darse cuenta de que llevo años viviendo
con lo justo. Destiné todo el dinero que tenía a pagar
impuestos o a los isleños que confiaban en mí.

–Si tu hogar ha supuesto tal dolor de cabeza, ¿por
qué estás tan desesperada por volver?

Ashley apretó los labios. Había intentado demostrar algo, pero Sebastian solo se había fijado en lo único
que intentaba ocultar.

–No lo entenderías –farfulló.

–Prueba.

Ella controló su deseo de contárselo todo. No sabía
por qué quería que Sebastian la viera como algo más
que una heredera mimada. Su opinión no tendría por
qué importarle tanto.

–Inez Key es el único lugar donde me encuentro
segura –ya le había dicho eso antes, pero no quería ex-
plicarle el porqué. Que en la isla no era destructiva ni
cruel. Que si desconectaba del mundo no tenía la capacidad de destrozar la vida y la familia de la gente.

–¿Te sientes insegura conmigo? –el rostro de Sebastian se ensombreció–. ¿Aquí, conmigo?

Ella no se sentía insegura. Estaba asustada. Preo-
cupada por su adicción a las caricias de Sebastian. Temía las emociones que la asolaban y en lo que se estaba convirtiendo. En una mujer sexual. Emocional.
Que se estaba enamorando.

–Has disfrutado de estas últimas dos semanas –afirmó
Sebastian–. ¿Y por qué no? Aviones privados, ropa de

diseño y los mejores servicios de spa. Hemos estado en las Bahamas, las islas Caimán y ahora en Jamaica, alojados en complejos turísticos mil veces más lujosos que Inez Key.

Él parecía creer que disfrutaba por el dinero que gastaba, pero no lo contradijo. Si supiera que disfrutaba de su compañía, su atención y su contacto, le daría demasiado poder sobre ella.

La había asombrado que Sebastian hubiera robado tiempo a su apretada agenda para hacer turismo. La había llevado a todos los sitios que ella había subrayado en su guía de viajes, pero también a sus lugares favoritos. Había disfrutado de esos momentos porque le ofrecían una comprensión más profunda de Sebastian Cruz.

–¿Por eso me trajiste en tu viaje de negocios? –le preguntó con frialdad–. ¿Para que pudiera ver lo que ofrece el mundo más allá de Inez Key?

–No parece importarte. Todas tus necesidades han sido satisfechas.

Había aprovechado cuanto él le ofrecía porque le recordaba lo que antes no había valorado. No era extraño que la considerase una vividora malcriada. No sabía que había cambiado de aspecto y se había sometido a tratamientos de belleza solo para obtener su aprobación.

Después se había dado cuenta de que estaba siguiendo el esquema de su madre. Podía decirse que elegía colores brillantes porque reflejaban su estado de ánimo. Que la melena arreglada era más fácil de cuidar y que los vestidos cortos eran más lógicos en el calor tropical. No era verdad. Lo hacía todo por complacer a Sebastian.

Había dado igual. Él no parecía fijarse en su corte

de pelo o en su piel cuidada. La lencería que usaba era para dar placer a ambos, pero él conseguía quitársela sin echarle ni un vistazo.

–Y tus necesidades han sido especialmente satisfechas en la cama –murmuró él.

Ashley se sonrojó. No se callaba lo que deseaba en la cama. Las noches que habían compartido habían sido increíbles. No había esperado que pudieran ser aún más mágicas. Pasaba toda la noche abrazada a Sebastian, ansiosa y hambrienta de contacto.

–No tengo quejas –dijo, tensa. Le temblaban las rodillas al pensar en lo maravilloso que sería que hubiera sentimientos tras cada caricia y beso de Sebastian.

–Yo tampoco –musitó él, inclinándose hacia ella–. Eres una amante muy generosa.

Ashley se sonrojó por el cumplido. Nunca rechazaba a Sebastian, y no por su papel de querida. Siempre estaba lista para él, por inconveniente que fuera. Incluso en ese momento, sentía los pechos pesados y los pezones erectos.

Pero ella no tenía ese poder sobre él. Sebastian la deseaba, pero solo según sus términos y su horario.

–Discúlpame –dijo, obligándose a apartarse. No eran iguales y nunca lo serían–. No estoy siendo buena anfitriona. Debería circular entre tus invitados.

–¿Huyendo otra vez, mi vida? –un destello de impaciencia brilló en sus ojos.

Ella se alejó sin contestar. Sabía que él la miraba. No podía esconderse de Sebastian Cruz. Él lo veía todo.

Sebastian controló el impulso de agarrar a Ashley. De encontrar un rincón oscuro y recordar su aroma y su sabor. Observó cómo se movía entre los invitados con la cabeza bien alta.

Ashley podía creerse una isleña, pero estaba hecha para el brillante mundo de la alta sociedad. No tenía nada en común con los invitados, pero recorría la sala con una gracia natural. A los hombres de negocios les maravillaba su sonrisa amistosa y a sus esposas su luminosa personalidad.

−¿Quién es la chica?

La mano de Sebastian se tensó sobre la copa de champán al oír la voz pastosa. Se volvió para mirar a Oscar Salazar, uno de sus mayores rivales.

−Salazar −estrechó su mano−. No te he visto entrar.

−Estabas distraído. Entiendo por qué −miró a Ashley−. Siempre has tenido buen gusto con tus propiedades.

−No dejes que ella oiga eso −le advirtió Sebastian. No iba a permitir que Salazar se acercara a Ashley. Era territorial, pero no iba a demostrárselo a Salazar. Al hombre le gustaba competir. Cuanto más quería algo Sebastian, más se empeñaba Salazar en quitárselo.

Sebastian se sentía más posesivo que nunca en su vida. Las mujeres que ocupaban su cama siempre habían sido intercambiables y temporales. Si alguna intentaba darle celos, no dudaba en cortar con ella. Nunca se arrepentía de sus decisiones. Sabía que podía reemplazar a su amante con otra dispuesta a seguir sus reglas.

Pero con Ashley era distinto. La mujer no entendía la palabra «obediencia». Era exasperante, difícil y nada aburrida. No sabía por qué permitía que actuara así. Tal vez porque era su querida, o porque había sido su primer hombre. O quizás tuviera que ver con el sexo.

Quería compartir su día con Ashley. Le daba igual

que lo pasaran explorando las cataratas de Jamaica, durmiendo uno en brazos del otro o disfrutando de un café en una terraza. La añoraba. Hasta el punto de que la llamaba desde la oficina solo para oír su voz.

–¿Quién has dicho que era? –Salazar escrutó el esbelto cuerpo de Ashley.

–Se llama Ashley –Sebastian apretó los dientes. Tenía que manejar bien la situación.

–Me resulta familiar.

–Supongo que la verías en Miami –Sebastian dudaba que Salazar se hubiera relacionado con Donald Jones. Era demasiado joven.

–Es diferente al resto de tus mujeres –dijo Salazar. Eso la convertía en un reto. En un premio que merecía la pena lograr.

–No tengo un tipo de mujer.

–Esta parece más inocente. Sin domesticar –Salazar sonrió.

–No sabes nada de ella –Sebastian cerró el puño. «Y no vas a saber más».

–Pero sé mucho de ti –dijo Salazar–. Pronto te cansarás de ella.

Sebastian sabía que no sería así. Quería más de un mes con Ashley. Anhelaba algo más.

–¿Y entonces tú irás a por ella?

–Normalmente no querría algo usado por ti...

Sebastian deseó darle un puñetazo. Nadie hablaba así de Ashley. Nadie. En vez de hacerlo, se puso ante él y lo miró fijamente.

–Mantente alejado de Ashley –gruñó.

–¿Te preocupa no tener poder sobre ella? –Salazar parecía complacido por haberlo irritado.

Era cierto que eso lo preocupaba. Solo había conseguido que Ashley volviera a su cama mediante el chantaje. No se enorgullecía de ello. Lo deseaba, pero no lo bastante como para dar el primer paso o aceptar su oferta original.

–Es mía –le advirtió con voz grave. La mayoría de la gente habría huido al captar la amenaza de su voz, pero la sonrisa de Oscar Salazar se amplió.

–No por mucho tiempo –Salazar volvió a mirar a Ashley–. Podría robártela si quisiera.

–No podrías –el corazón de Sebastian golpeó en su pecho al sentir la necesidad de defender su territorio–. No tienes nada que ella quiera. Ningún incentivo adicional.

–¿Incentivo? –los ojos de Salazar brillaron ante esa información–. ¿Es que tiene un precio?

–Uno que no podrías pagar –escupió Sebastian.

–Seguro que podría conseguir una rebaja.

–Te he advertido, Salazar –no le gustaba ese lado de sí mismo, pero no podía evitarlo. Estaba dispuesto a utilizar todas sus armas y su poder contra Salazar. Si hubiera tenido colmillos, se los habría enseñado–. Acércate a ella y estás muerto.

–Entendido –Salazar tomó un sorbo de champán y se alejó con indiferencia. Sebastian lo habría seguido, pero uno de sus socios jamaicanos eligió ese momento para acercarse a él.

Sebastian se obligó a calmarse. La sangre rugía en sus oídos y le temblaban las manos por la necesidad de dar un puñetazo a Salazar. No tenía por qué preocuparse. No confiaba en aquel hombre, pero sabía que Ashley no se interesaría en los cuestionables encantos de Salazar.

Sin embargo, vigiló a Ashley durante la fiesta. Incluso mientras hablaba con su ayudante estuvo pendiente de su risa al otro lado de la sala.

No habría sabido decir qué le hizo buscarla con la mirada unos minutos después. Su madre lo habría llamado una premonición. Sebastian sabía que tenía más que ver con el hecho de que sentía un vínculo emocional con ella.

La encontró junto a la puerta de salida a la azotea. La brisa del océano agitaba su vestido blanco y su cabello castaño. Notó que estaba rígida y tensa. Su sonrisa cortés empezaba a desvanecerse y captó cautela en sus ojos.

Tardó un momento en darse cuenta de que Oscar Salazar, dando la espalda a la fiesta, hablaba con ella. La niebla roja de la ira emborronó su visión. Caminó entre la gente, sin fijarse en sus invitados, empeñado en alejar a Salazar. Los que vieron su expresión asesina se apartaron rápidamente de la línea de fuego.

No sabía lo que Salazar le estaba diciendo a Ashley, pero daba igual. Era suya. En cuerpo y alma.

Vio que ella palidecía como si fuera a vomitar. Giró la cabeza y Sebastian supo que lo buscaba. Sus miradas se encontraron. Los ojos marrones destellaban dolidos. Traicionados.

Ashley volvió a centrar su atención en Salazar. Entreabrió la boca, atónita, y un segundo después le lanzó su champán al rostro. Dejó caer la copa al suelo y se alejó sin darle tiempo a reaccionar.

Sebastian quería seguir a su mujer. Confortarla y protegerla. Pero antes tenía que ocuparse de Salazar. Ese hombre tenía que enterarse de que si despreciaba a Ashley la ira del infierno caería sobre él.

Ashley se limpió la última lágrima mientras recogía su camiseta y sus vaqueros y los metía en la maleta más pequeña que había encontrado. Le temblaron las manos al cerrar la cremallera. ¿Cómo podía haberle hecho eso Sebastian?

No sabía por qué se sorprendía tanto. No significaba nada para él. Solo era su querida. Temporal. Y ella había visto cómo los hombres trataban a sus queridas. Sebastian no tenía por qué ser distinto de ellos.

Ashley dio un respingo cuando oyó que la puerta del dormitorio se abría y golpeaba la pared. Se negaba a mirar a Sebastian, que estaba segura que llenaba el umbral con su envergadura. Bloqueaba la salida y ella percibía la cólera que irradiaba.

—¿Qué ha ocurrido entre Salazar y tú? –preguntó él con suavidad letal.

—Bastardo –masculló ella levantando la maleta.

—Lo han llamado cosas mucho peores, pero ¿qué te dijo? –preguntó Sebastian impaciente–. No conseguí sacarle ni una palabra.

—No, el bastardo eres tú –Ashley lo señaló con el dedo. Parecía un ángel oscuro. Se había quitado la chaqueta y la corbata, pero eso no disminuía su masculinidad. Había algo airado y volátil en él. Peligroso y poderoso–. Confiaba en ti. Pensé que teníamos un acuerdo.

—Así es –dijo él, entrando en la habitación–. Eres mi querida por un mes.

—Y se lo has dicho a Oscar Salazar –le tembló la voz al recordar cómo ese hombre la había mirado. Como si hubiera querido probar el producto antes de hacer una oferta.

—No le dije que eras mi querida –la voz de Sebastian restalló como un látigo–. Le advertí que no se acercara a ti.

Ella no se comportaba como una querida. Ni vestía

como una de ellas. Oscar solo podía haberlo sabido por boca de Sebastian.

–Rompiste tu promesa y nuestro trato. Me marcho.

–De ninguna manera –Sebastian se acercó, agarró la maleta y la tiró al suelo–. No vas a irte a ningún sitio hasta que yo lo diga.

Ella nunca había visto a Sebastian así. Sus movimientos eran bruscos y sin gracia. Su sofisticación se había evaporado. Era como si lo molestara que fuera a irse. Pero eso era ridículo. Sebastian Cruz no tenía suficiente interés como para sentir pánico.

–No puedes decirme lo que puedo hacer –Ashley alzó la barbilla y se enfrentó a su mirada–. Ya no soy tu querida.

–Entonces, no volverás a ver Inez Key.

–De acuerdo –apretó los labios, horrorizada. Deseó poder retirar sus palabras.

Él abrió los ojos con sorpresa. Se quedó en silencio un momento, respirando con agitación.

–¿De acuerdo? ¿Estás dispuesta a renunciar al hogar que luchaste por conservar? –se acercó un paso más–. ¿El hogar que cuidaste y por el que hiciste sacrificios? ¿Ese por el que te rebajaste a acostarte conmigo para quedarte en la isla?

–Esto no tiene que ver con Inez Key, sino contigo. No te preocupa lo que a mí me importa, y te son indiferentes mis sentimientos.

Él se balanceó sobre los talones y la miró con tanta intensidad que ella pensó que iba a reventar.

–¿Cómo vas a volver? –preguntó él–. No tienes dinero.

Ashley cerró los ojos, atenazada por el dolor. Él no había negado su acusación. No le importaban sus sentimientos.

–No lo sé –susurró–. Venderé este vestido. Nadaré hasta casa. O tal vez venda mi cuerpo. Al fin y al cabo, todo el mundo cree que lo hago.

–No digas eso ni en broma –agarró su muñeca y ella sintió el temblor de su mano.

–¿Por qué no, Sebastian? –intentó liberar su brazo, pero él apretó más–. Jugaste conmigo. Me convertiste en tu querida.

–Y tú aceptaste –dijo él–. Tenías otras opciones. Podías haberte ido, pero no lo hiciste.

–Utilizaste mi casa como cebo –gritó ella.

–Como has dicho, Inez Key no tiene nada que ver –le recordó él con frialdad–. Querías estar conmigo, pero tenías miedo de ir a por mí. Y ahora estás molesta porque te gusta ser una querida.

El grito de ella resonó en la habitación.

–No, no me gusta –susurró escandalizada–. Retira eso.

–Rectificaré –Sebastian le soltó la muñeca–. Te gusta ser mi querida.

Ella deseó abofetearlo. Pero era verdad. Le gustaba compartir su cama y disfrutaba viendo el deseo en sus ojos cuando ella entraba en una habitación. Atesoraba sus momentos en privado y se enorgullecía de estar a su lado en público. Anhelaba sus caricias y su atención. Habría aceptado cualquier papel que eligiera para ella si eso suponía formar parte de su vida.

Y él lo sabía. Sabía que aceptaría las migajas que le ofreciera. Que tenía ese poder sobre ella.

–Apártate de mi camino.

–Oblígame a hacerlo –Sebastian cruzó los brazos y afirmó los pies. Su preocupación se había esfumado. Volvía a estar en calma y al mando.

Ashley cerró las manos y se clavó las uñas en las

palmas, intentando controlar el torbellino de emociones que la asolaba.

—Te lo advierto, Sebastian. Estoy a punto de perder el control.

—Podré soportarlo. Haz lo que puedas.

—Oh, Dios mío —se metió las manos en el pelo—. ¿Quieres que pierda el control? ¿Estás loco?

—Quiero que dejes de esconderte. Que dejes de huir.

Eso era lo único que ella quería hacer. Correr, esconderse. Recuperar el control antes de romperse en mil pedazos.

—Siento lo de Salazar —dijo él, amargo—. Le hice una advertencia y revelé más de lo que debía.

—¿Le dijiste que tenía un precio? —preguntó ella, desatada—. ¿Que podía pedirme una rebaja porque yo era un bien usado? ¿Que debería aceptar su oferta porque tú no tardarías en echarme de tu cama?

—Voy a matarlo —gruñó Sebastian entre dientes.

—Tendrás que ponerte a la cola —declaró ella, yendo hacia la puerta—. Sabía que no debía confiar en ti. Respeté tus deseos, pero tú no los míos.

—No vas a irte —Sebastian se situó en el umbral y cerró la puerta de golpe.

—No veo razón para quedarme.

—¿Y qué me dices de esta? —puso las manos en sus hombros, le dio la vuelta y capturó su boca, aplastando sus labios. Ashley puso las manos en su pecho, empeñada en apartarlo. Él ignoró su intento y la apoyó contra la puerta.

Ella sintió que la excitación la quemaba. No debería querer eso, ni permitirlo. Sin embargo, lo quería, había esperado ese momento. Quería sentir las manos de él, temblar de deseo. Que perdiera el control y le demostrara exactamente lo que estaba pasando por su cabeza en ese momento.

Sebastian le bajó las bragas de encaje antes de alzarla y subirle el vestido. Ella le rodeó la cintura con las piernas y, mientras él profundizaba el beso, Ashley tiró de su camisa para quitársela.

—Dime que no deseas esto —gruñó él contra sus labios hinchados.

Ella deseó poder hacerlo. Deseó no arder bajo sus manos o estar siempre anhelando sus besos. Arqueó las caderas, exigiendo más.

Sebastian susurró algo en español mientras se libraba de los pantalones. Podía haber sido una plegaria o una maldición. Ella se aferraba a sus hombros, rindiéndose, incapaz de negarle nada. El deseo y la ira se fusionaban en su vientre. Una combinación potente y peligrosa.

Ashley se tensó al sentir la punta de su pene presionar contra ella. Se odiaba por desear eso, odiaba ponérselo tan fácil. Pero movió las caderas cuando él penetró en su calor. Giró la cabeza y gimió mientras la llenaba. El sonido de sus jadeos y de los crujidos de la puerta herían sus oídos. El olor a macho excitado electrificaba el aire. Se aferró a su camisa mientras mecía las caderas contra él.

—Si te vas nunca volverás a sentirte así —declaró él, hundiendo la cabeza en la base de su cuello. Mordisqueó su piel como si quisiera dejar su marca en ella.

Ashley sabía que tenía razón. Solo Sebastian tenía ese poder sobre ella. El apetito sexual la desgarraba. Era insoportable y le exigía llegar hasta el final.

—Siempre serás mía.

Ashley sollozó cuando el violento clímax asoló su cuerpo. Se derrumbó sobre él mientras seguía embistiéndola. Ya no podía negar la verdad. Cuando la dejara por otra, ella seguiría anhelando sus caricias. Siempre sería suya.

Sebastian se despertó al oír su móvil. Llevó la mano a la mesilla, pero no lo encontró. Abrió los ojos y percibió dos cosas: era de día y Ashley no estaba acurrucada a su lado.

El silencio de la suite indicaba que se hallaba solo. Seguramente, Ashley estaba enfurruñada porque había demostrado su poder sobre ella de una vez por todas. Bajó de la cama y fue al montón de ropa que había en el suelo. Encontró el móvil y vio que quien llamaba era su ayudante.

–¿Qué ocurre? –preguntó con brusquedad.

–Acabo de saber que Ashley ha salido de Jamaica.

Él tensó los hombros. La había asustado que demostrara su poder. Y ella había esperado a que se durmiera para huir.

–¿Cómo?

–He oído un rumor –replicó su ayudante, nervioso–. Aún no lo he confirmado.

–¿Dónde está? –Sebastian cerró los ojos. Tenía un mal presentimiento. Sabía que Ashley estaba enfadada, pero no lo traicionaría. No así.

–Con Oscar Salazar –musitó su ayudante–. Está en su avión privado, de camino a Miami.

Capítulo 7

EL SOL iluminaba el cielo cuando Ashley vio Inez Key. Hacía frío y solo llevaba una camiseta, vaqueros y náuticas. Pero le daba igual. Le tembló el labio inferior por la emoción. Estaba en casa.

Su hogar. Estudió la mansión prebélica, dubitativa. Ya no le parecía su hogar. Quizás porque era hora de cambiar de vida, quizás porque sabía que era de Sebastian.

Ya no encajaba allí. No porque fuera una intrusa ilegal ni porque hubiera arruinado sus opciones de quedarse como encargada. Sebastian no le permitiría volver tras haber roto su promesa.

Pero Inez Key no había sido solo su hogar. También había sido su escondite. Se había quedado allí tras el asesinato-suicidio de sus padres porque era un lugar seguro. Podía evitar las miradas indiscretas y evitar vivir su vida.

Ashley había sabido que se parecía mucho a su madre y eso la asustaba. Tenía la misma actitud de «todo o nada» que Linda Valdez. Apasionada respecto a sus causas, leal con sus amigos y con un genio que le había costado años controlar. Ashley era rencorosa y los enemigos de sus amigos también lo eran suyos. Solo era cuestión de tiempo que siguiera los pasos de su madre. Que amara de forma incondicional e imprudente; que destruyera y se autodestruyera.

Ashley creía haber evitado ese futuro al esconderse en Inez Key. Era un paraíso y también un escondite solitario. Su genio se templaba y sus pasiones se acallaban. Seguía siendo fieramente leal, pero el amor no la consumía. Pensó que había roto el ciclo y se había convertido en la mujer que quería ser. Pero una noche con Sebastian la había convencido de que se estaba engañando.

Cerró los ojos, desolada. No quería pensar en eso. Antes tenía que pisar la playa y dejar que la arena se deslizara entre sus dedos. Después necesitaba tumbarse y dejar que la tranquilidad la envolviera. Contemplaría el océano. Tardaría horas en volver a sentirse entera y fuerte de nuevo. Días. Pero ocurriría, y entonces decidiría qué hacer a continuación.

Agotada, Ashley bajó del taxi de agua y pagó al capitán. Le costó sonreír y darle las gracias. Caminó por el muelle de madera, pero no se sentía la misma. Todo le parecía nuevo y diferente. Ella era diferente y nunca recapturaría a la antigua Ashley Jones.

Oyó a la motora alejarse, pero no volvió la cabeza. Los cambios de la isla habían captado su atención. Vio las reparaciones y la capa de pintura de la casa. La vegetación no parecía tan salvaje. Inez Key estaba recuperando su vieja gloria.

A diferencia de ella, que se estaba desmoronando. Aunque por fin estaba de vuelta en Inez Key, tenía que mantener la serenidad. Percibía que esa isla ya no podía contenerla.

Ashley fue a la puerta delantera de la casa principal e intentó abrirla. Para su sorpresa, estaba cerrada. Frunció el ceño y tiró del picaporte. Era extraño. Inez Key era un lugar tranquilo y seguro con solo unas pocas casas y edificios. Nadie cerraba las puertas. No recordaba la última vez que había usado la llave ni dónde la había dejado.

–¿Eres tú, Ashley? –preguntó Clea, llegando desde la parte de atrás de la casa. Soltó un gritito, corrió hacia Ashley y le dio un gran abrazo–. ¿Qué haces de vuelta?

–Iba a recoger mis cosas e irme –dijo Ashley, señalando la puerta–. Pero la casa está cerrada.

–Lo sé, ¿no es raro? ¿Quién echa el cerrojo aquí? –Clea se puso las manos en las caderas y sacudió la cabeza–. No he estado dentro desde que empezaron con las reformas.

–Han cambiado muchas cosas –Ashley señaló con la cabeza las flores y las plantas tropicales que había junto a las columnas blancas. El paisajismo parecía natural, pero ella sabía que había sido meticulosamente planificado. No sabía cómo Sebastian había realizado tantos cambios en tan poco tiempo–. No he estado fuera tanto tiempo.

–Los nuevos propietarios han estado muy ocupados –dijo Clea, apartando a Ashley de la puerta–. Y hay muchos sistemas de seguridad. Los guardas no tardarán en encontrarte.

–No han derruido nada –murmuró Ashley, echando un último vistazo a la casa.

–Más bien, añaden y actualizan –dijo Clea–. Me alegra ver que respetan la historia de la isla, pero creo que la forma de vida en Inez Key no volverá a ser la misma.

El ritmo pausado de la isla cambiaría si había guardaespaldas y sistemas de seguridad.

–¿Has sabido algo de los nuevos propietarios?

–Hemos recibido cartas del Conglomerado Cruz –dijo el ama de llaves mientras caminaban por el sen-

dero polvoriento–. Pensé que iba a ser una carta de de-
sahucio, como la tuya, pero prometía que nada cambiaría para nosotros.

Al menos, Sebastian no había roto esa promesa. Había sospechado que era una amenaza para mantenerla
a raya, pero no podía estar segura.

–¿Qué más decía la carta? ¿Había algo de convertir
la isla en un complejo vacacional u hotelero? –peor
aún sería que quisieran arrasarla centímetro a centímetro. Ashley sintió escalofríos al pensarlo.

Aunque no creía que Sebastian fuera a hacer eso,
no podía predecir sus movimientos. Sospechaba que
quería Inez Key como un exclusivo lugar de retiro. Sin
duda había estado allí un fin de semana como huésped
de pago para ver si le merecía la pena comprar la isla.

Tras pasar unas semanas con el hombre, había notado que sus intereses se centraban en los viajes y el
ocio. Había estado con él en hoteles y complejos va-
cacionales exclusivos. Todos eran parte de su red de
negocios. El que había sido su hogar sin duda iba a
convertirse en la joya de la corona de su imperio.

–No, no sé qué planes tienen para Inez Key –dijo
Clea sin asomo de preocupación–. Esperamos conocer
al nuevo propietario el mes que viene, cuando hayan
acabado con las reformas.

–Ya conoces al nuevo propietario –dijo Ashley con
amargura. Odiaba lo ronca que había sonado su voz–.
Lo conoces como Sebastian Esteban.

–¿Ese hombre te quitó la isla? –Clea se paró y la
miró–. ¿El hombre del que te enamoraste?

–No me enamoré de Sebastian Cruz –refutó Ashley, tensando la mandíbula.

–Cielo, te vi con él –discutió Clea con una sonri-
sita–. Florecías cada vez que te miraba.

Ashley cerró los ojos y se ruborizó. No podía estar enamorada de Sebastian. ¡Tenía más orgullo que eso! El hombre la había echado de su casa, convertido en su querida y arruinado su vida.

Pero no podía negar la verdad. Sebastian Cruz la había hechizado. Sentía mucho más que deseo sexual por él. Ashley no quería admirar lo que había logrado con su trabajo, ni valorar sus opiniones. Intentaba no ayudarlo ni reír sus chistes. Ocultaba cómo anhelaba su compañía y que le daba un vuelco el corazón cuando lo veía.

Nada de eso había funcionado. A su pesar, se había enamorado de un hombre que no la respetaba. Que solo la quería por el sexo.

Era oficial. Había heredado las tendencias autodes-tructivas de su madre.

—Lo superaré —masculló Ashley.

—¿Qué vas a hacer para recuperar la isla? —Clea le dio a Ashley una palmadita en el brazo.

La pregunta la sorprendió. Había renunciado a ese plan hacía semanas.

—Nada. He hecho cuanto estaba en mi mano —y ha-bía descubierto que no era rival para él—. Lo más que conseguí de Sebastian fue el puesto de encargada, pero hasta eso acabé fastidiándolo.

—¿Encargada? ¿La dueña de la isla convirtiéndose en una empleada? ¡De eso nada! Me alegro de que no consiguieras el puesto —Clea chasqueó la lengua—. Ya pensarás en algo. Entretanto, quédate con Louis y con-migo. Aunque sea un par de días.

—No quiero meteros en problemas —dijo Ashley, aunque la oferta la tentaba—. Me dejó claro que nece-sitaba su permiso para quedarme en Inez Key. Si se enterara de que estoy con vosotros...

–No te preocupes por él –dijo Clea en tono de conspiración–. Nunca sabrá que estuviste aquí.

La tarde siguiente, Sebastian paseaba por la playa de Inez Key preguntándose dónde diablos estaba ella. La fría brisa del océano azotaba sus vaqueros y su sudadera. No veía los coloridos pájaros que volaban de una flor a otra. El sonido de las olas se difuminaba en sus oídos. Solo había una cosa en su mente: encontrar a Ashley.

No se podía creer que le hubiera hecho una jugada como esa. Ya era malo que hubiera abandonado su cama en mitad de la noche, pero ¿escaparse con Salazar? Su cólera era como fuego ardiente. Iba a hacerle pagar por eso.

¿No había sabido que la seguiría? ¿O había sido ese su plan desde el principio? Quizás Ashley quería demostrar su poder sexual sobre él. Había quedado claro esa última noche juntos en Jamaica.

La había seguido a Miami e invadido el imperio de Salazar para descubrir que no estaba allí. Salazar se había reído mucho a su costa. Sebastian había controlado su ira hasta que el otro hombre había hecho una insinuación de más. El tipo ya no se reía y Sebastian esperaba que le quedara una cicatriz. Le recordaría a diario que no debía acercarse a su mujer nunca más.

Sebastian odiaba haberse sentido obligado a seguir a Ashley. Ella había tomado la decisión. Había elegido renunciar a su última opción de permanecer en la isla.

Y él no podía dar marcha atrás. Saber que se había ido lo había paralizado. Segundos después, la furia lo había llevado a la acción. La necesidad de seguirla había sido imparable. Se había dejado llevar, sin pensar en la opinión de sus colegas.

No tenía estrategia. No miraba hacia delante. Sebastian no operaba así, pero se estaba dejando llevar por la ira. Su enfado había fermentado mientras pasaba horas buscándola en Miami.

Ashley Jones era una princesa malcriada e iba a enseñarle una lección. Pero... ¿dónde estaba?

Tenía que estar allí. Sebastian ignoró el pánico que oprimía su pecho. Si no estaba en Inez Key, no tenía ni idea de dónde buscarla.

Sebastian miró a su alrededor. La isla estaba tranquila y adormecida, pero eso no templaba su malhumor. Oía el crujido de las palmeras y el incesante piar de los pájaros. Inez Key parecía un lugar idílico, pero era una ilusión. Nunca habría pensado que un trozo tan pequeño de tierra podía causarle tanto dolor.

Volvió la cabeza y miró el tejado negro de la casa principal. Podía haber sido una casa de ensueño para algunos, pero la imagen de la mansión prebélica había invadido sus pesadillas desde la infancia. No veía su grácil belleza, sino su frialdad y vacío. Era más adecuada como museo que como casa familiar. Si pudiera, la quemaría.

Sebastian pensó que destruiría la isla entera si tuviera oportunidad. Quería borrar la vista del océano, librarse del aroma salado que seguía despertándole malos recuerdos. Borrar la puesta de sol que había sido el escenario de fondo el día que había perdido la inocencia de la infancia.

Miró el cielo despejado y decidió que mantendría las puestas de sol. Durante el último mes había asociado a Ashley con el ocaso. Las franjas naranjas y rosas habían pasado de ser amenazadoras a convertirse en promesa. Recordaba cada detalle de la noche que Ashley se había sentado junto a él en el porche, contemplando la puesta de sol.

Su calidez y femineidad lo habían embrujado. Le había costado seguir la conversación; sabía que Ashley había estado nerviosa esa velada. Era como si hubiera sabido que acabarían en la cama. Había tenido la sensación de oír su corazón golpeándole contra las costillas.

Cuando las estrellas tachonaron el cielo nocturno, le pareció que el aire entre ellos chisporroteaba de pura electricidad. La excitación lo había dominado. Sintió fuego en su interior cuando la besó. Había sido un momento mágico. Sebastian había pretendido explorar sus labios con calma y suavidad, pero la pasión estalló entre ellos como un volcán en erupción.

Sin duda, mantendría la puesta de sol. Y también la isla. Al fin y al cabo, era donde había conocido a Ashley. No quería borrar los momentos que había compartido con ella, así que la casa también seguiría en pie. No resultaría tan difícil. Desde que había estado en la mansión con Ashley, Inez Key ya no tenía poder sobre él.

Caminó por la playa hasta un recodo que conducía a una cala. Sebastian miró a su alrededor, preguntándose dónde se escondería Ashley. Sería un lugar en el que se sintiera segura y protegida. En realidad, en cualquier sitio de la pequeña isla. Había oído muchas historias sobre Inez Key. Cuando era un niño que crecía en la calle, había creído que eran cuentos de hadas.

Se le encogió el corazón al ver a Ashley hecha un ovillo junto a un trozo de madera de deriva. Tenía los vaqueros húmedos cubiertos de arena y parecía perdida en su sudadera. Llevaba el pelo recogido en una alborotada cola de caballo, pero lo más destacable era su rostro sucio de lágrimas.

Su enfado se disipó mientras la miraba. Ashley estaba sufriendo y la culpa era de él. Su plan inicial había sido sacarla de su pequeño y seguro mundo. Había conseguido su objetivo y se sentía como un monstruo.

Tenía que arreglar las cosas y recuperar a Ashley. La necesitaba. De alguna manera lo había sabido desde el primer momento en que la vio. Siempre había sabido que esa mujer sería su redención y su perdición. Ella lo domesticaría al tiempo que lo convertía en un salvaje.

Notó el momento en que Ashley lo vio porque se puso rígida y se levantó de un salto. Incluso desde lejos, vio que se planteaba saltar sobre él o echar a correr.

Pero no habría llegado lejos. Estaba listo para perseguirla. Ashley tenía que haber sabido que era inútil esconderse, porque dejó caer los hombros.

—¿Qué estás haciendo aquí? —preguntó ella, mirando a su alrededor—. No he oído tu motora.

—Por eso he venido con otro barco —dijo él, yendo hacia ella—. Tranquila, he despedido a los guardas de seguridad, ya no necesitas esconderte.

Ella achicó los ojos con suspicacia y eso lo irritó. Parecía creerlo capaz de mentirle sobre eso. Tal vez pensaba que mentía sobre todo y era incapaz de decir la verdad.

—¿Cómo has sabido que estaba aquí? —preguntó ella—. ¿Te han llamado tus guardas?

—No, conseguiste evadirlos. Conoces todos los escondites. Solo he tenido suerte —deseó agarrarla de los brazos y zarandearla por haberlo preocupado. Por haberlo obligado a seguirla de país en país. Pero también quería abrazarla y no soltarla nunca.

–¿Y esta ha sido tu primera elección? –Ashley apretó la mandíbula?–. ¿Tan predecible soy?

–No ha sido la primera. Busqué a Salazar –metió las manos en los bolsillos de su sudadera–. Eso le hizo mucha gracia.

–Me alegro –dijo ella–. ¿Por qué iba a ser yo la única que pasara vergüenza?

–Soy muy posesivo y tú lo sabes –dijo él con voz cortante–. Por eso te fuiste con él. Fue muy mala idea.

–¿Eso es lo que crees? –ella enarcó las cejas con incredulidad–. No baso todas mis decisiones en ti. Tenía que irme y lo hice en el primer vuelo que encontré. Salazar me lo ofreció. Normalmente mantendría las distancias con alguien como él, pero estaba desesperada.

–¿Cómo de desesperada? –preguntó Sebastian. Ashley no era el tipo de mujer que se acostaba con cualquiera, pero sabía cómo respondía cuando se sentía desesperada y acorralada–. ¿Cómo le pagaste el favor?

–¿Qué estás sugiriendo? –escupió ella–. ¿Que me acosté con él? Es lo que crees. Al fin y al cabo, me estoy acostando contigo para quedarme en la isla.

–No creo que tuvieras sexo con Salazar –dijo Sebastian. Ashley era salvaje y sexy solo con él. Había visto la repugnancia con la que miraba a Salazar. Podía haberlo engañado para conseguir que la llevara, pero nada más–. Sin embargo, sí creo que te fuiste con él para herirme.

–Tienes razón –ella se tapó el rostro con las manos–. Me avergüenzo de lo que hice. Había jurado que nunca me comportaría así, ¿y qué ocurrió? Permití que mis sentimientos tomaran las riendas. Oh, Dios. Soy igual que ella.

«¿Ella?». Sebastian frunció el ceño. No sabía con quién se estaba comparando Ashley.

–Da igual cuánto lo haya intentado... –tomó aire y cuadró los hombros–. Lo siento, Sebastian. Tenía la necesidad de irme, pero no tenía por qué hacerlo con Salazar. Había opciones mejores. Aunque estaba desesperada por volver aquí, la verdad es que quería vengarme de ti.

Lo había conseguido. Era como si Ashley hubiera sabido exactamente cómo golpearlo. Era adicto a Ashley. No podía dejar de pensar en ella, no podía dejar de tocarla. Era su debilidad y ella se había aprovechado de eso. Igual que él había sabido que Inez Key era su punto débil.

–¿Por qué es tan importante para ti este lugar? ¿Por qué estás dispuesta a luchar por él? –preguntó. Observó a Ashley tragar saliva.

–Es donde crecí –dijo ella con voz temblorosa, como si le costara hablar–. Era un lugar especial para mi madre y para mí.

–¿Eso es todo? –Sebastian percibía que había más. Ashley tenía un vínculo especial con la isla que no podía romper. Y no sabía a qué se debía.

–No, es más que eso –admitió ella–. Cuando publicaban un escándalo sobre mi padre, mi madre me traía aquí. No había televisión, Internet ni paparazzi. Aquí podíamos curarnos.

–Tuviste suerte de tener este sitio –dijo él con aspereza–. Yo habría matado por esta isla cuando era un niño.

–No estoy tan segura –se abrazó a sí misma–. A veces me parecía que mi madre utilizaba este sitio para esconderse de la realidad. La ausencia de distracciones tendría que haberle dado claridad, pero era como una nube que emborronaba los hechos y permitía a mi padre ocultarle sus peores pecados. Le suplicaba perdón, juraba que todo era mentira y volvíamos con él hasta que el ciclo se repetía.

Él comprendió que Inez Key no había sido un paraíso para Ashley. Tenía buenos y malos recuerdos del lugar. Era parte de su infancia y de la pérdida de la inocencia.

–No hace falta que me eches de aquí. Me voy –anunció Ashley.

–Volverás conmigo a Miami.

–Nuestro trato terminó en el momento en que rompiste tu promesa –dijo ella, sacudiéndose la arena de los vaqueros.

–¿Cuál de ellas? –farfulló él.

–No te entiendo –ella achicó los ojos–. ¿A qué te refieres?

–Respecto a anoche... –tomó aire. No era un asunto fácil, pero no podía ignorarlo–. No utilicé protección.

Ashley palideció. No dijo palabra. Él no había sabido cómo se tomaría la noticia. Por lo que había visto en la isla, sabía que le gustaban los niños. Sería una madre fiera y protectora. Pero eso no quería decir que quisiera hijos de él.

–Te pido disculpas –Sebastian se revolvió el cabello–. No sé qué ocurrió. Siempre me acuerdo de usar protección.

–Ya, seguro –dijo ella con voz áspera.

–En serio. No corro riesgos innecesarios.

–Estoy segura de que es lo que crees –dijo ella por encima del hombro, alejándose de él.

–Pero tú no –Sebastian había sido cuidadoso siempre. No le había resultado fácil. Había estado a punto de olvidar la protección más de una vez, llevado por la pasión. Sin embargo, ella no parecía dispuesta a aceptar su palabra–. Da igual lo que creas. Esa era mi responsabilidad y te fallé.

–Sebastian –Ashley se dio la vuelta para mirarlo–, no necesito que cuides de mí. Puedo cuidarme sola. Hace mucho que lo hago.

–¿Tomas la píldora? –preguntó, esperanzado.

–¿Tú qué crees? Fuiste el primero –su voz adquirió un tono agudo–. Nunca la necesité antes y no contaba con repetir.

–Llevamos semanas juntos y no te has planteado protegerte de un embarazo. ¿Por qué? Como sabes, hay muchas mujeres que viven bien gracias a haber tenido un bebé de un hombre rico –él no creía que Ashley fuera una de esas mujeres, pero también sabía que no pensaba a derechas cuando estaba con ella.

–No tengo ningún interés en quedarme embarazada –resopló–. Ningún interés en tener tu bebé, y ningún interés en esta conversación.

–Tienes que admitir que es preocupante –dijo él. Tenía que ser más cuidadoso en el futuro. Necesitaba que ella confiara en él para que hubiera un futuro.

–¿Siempre reaccionas así cuando temes un embarazo? –ella volvió la vista hacia el mar, como si el agua la calmara y le diera paz.

–Nunca ha ocurrido antes, porque siempre uso protección –repitió él.

–Me cuesta creer que un hombre con... –hizo una pausa– tu legendaria vida sexual no haya tenido ningún juicio por paternidad o pagado compensaciones para solucionar esos problemas.

–Créelo –gruñó él.

–Cada vez que pienso que podría equivocarme respecto a ti, la verdad me golpea. Me recuerdas mucho

a mi padre. Era un playboy –curvó el labio con desdén–. Una supuesta leyenda del tenis, pero es más famoso por sus aventuras sexuales y los juicios por paternidad.

–No soy un playboy –refutó él. Odiaba la palabra–.
Y no me parezco en nada a tu padre.

–Vale, vale –alzó la mano para callarlo–. Porque
eres más listo y usas protección. A veces.

–Ashley, te doy mi palabra –la agarró del brazo–.
Si te quedas embarazada, cuidaré de ti y del bebé.

–¿Sí? ¿Por qué?

–Tú y el bebé seríais mi responsabilidad –dijo él,
ofendido por su sorpresa.

–¿Qué quieres decir con cuidar? –ladeó la cabeza
y lo observó con suspicacia.

–Me haría cargo de los gastos y sería parte de la
vida del niño –querría mucho más que eso, pero espe-
raría a que hubiera un embarazo para decirlo.

–¿En serio? ¿No exigirías un aborto? ¿No me de-
mandarías por mentir sobre tu paternidad?

–¿Qué clase de hombre crees que soy? No, mejor
no contestes –Sebastian sabía que no le gustaría oír su
respuesta.

–Es lo que hacía mi padre. Lo que hacen la mayoría de los hombres –dijo ella, asqueada.

–No sabes mucho de hombres. Ni de mí. Yo cuido
de mi familia. Eso os incluiría a ti y al bebé.

–No tiene sentido –ella arrugó la frente.

–Te lo dejaré claro –apretó los dientes–. Si estás embarazada, daré mi apellido al bebé. Todo el mundo sabrá que es mío. Lo protegeré y mantendré, no lo dudes.

Ella lo miró atónita.

–Y, si tengo que casarme con su madre –se obligó
a decir–, también lo haré.

—¿Lo dices en serio? —lo miró boquiabierta.

—No te lo tomes como una propuesta de matrimonio —le advirtió—. Solo me casaría con una mujer si estuviera embarazada de mí.

Capítulo 8

VAMOS, Ashley, hablaremos después. Tenemos que irnos –dijo Sebastian, metiendo las manos en los bolsillos. Nunca se sentía cómodo con el tema del matrimonio. La idea de sacrificar su libertad solía provocarle sudores fríos. Pero en ese momento sentía esperanza y anhelo al imaginarse el vientre de Ashley hinchado por un hijo suyo.

–¿Ya? –dijo ella con un suspiro.

Él captó el anhelo de su voz y odió cómo lo afectaba. Sebastian quería hacerla feliz. Quería darle todo lo que quisiera y ser la razón de que sonriera. Echó un vistazo a su reloj.

–Puedes enseñarme la isla antes de irnos.

–¿En serio? –los ojos de Ashley se iluminaron, pero temía que él intentara compensarla por la discusión que acababan de tener.

–Cuéntamelo todo sobre Inez Key –sabía mucho de la isla, pero quería verla a través de sus ojos.

–Primero te enseñaré el mejor sitio para hacer buceo –Ashley agarró su mano–. Ah, y para hacer surf. ¿Te he contado que una vez me mordió una raya águila? Fue muy doloroso, pero no tanto como cuando me rompí un tobillo al caerme de una palmera. Tendré que enseñarte cuáles son las más fáciles de escalar.

–Lo estoy deseando –dijo Sebastian. Sentía curiosidad por saber cómo había sido Ashley de niña. Quería oír cada historia y cada anécdota.

Exploraron la isla durante una hora, de la mano. Ashley le mostró sus sitios favoritos. Algunos le traían recuerdos felices y otros tenían vistas impresionantes.

–¿Sabes por qué la isla se llama Inez Key? –preguntó Sebastian mientras caminaban.

–Key se debe a que es una pequeña isla sobre coral –explicó ella.

–¿Y lo de Inez?

–Supongo que el primero que se asentó en la isla le puso el nombre de una mujer a la que quería –dijo ella. El tour casi había terminado y pronto tendría que marcharse de Inez Key.

–¿Supones? –inquirió él, cortante.

–Bueno, no soy experta en la isla. Tendrías que preguntarle a Clea. Su familia ha estado aquí durante generaciones –la sonrisa de Ashley se desvaneció. Una vez había creído que sus descendientes harían lo mismo. Se había imaginado con una gran familia y la isla como refugio–. Ahora que lo dices, me sorprende que mi padre no cambiara el nombre. A Jones Key o algo así. ¿Lo cambiarás tú?

–Nunca.

–¿Por qué no? –preguntó ella sorprendida–. El nombre no significa nada para ti.

–¿Cuánto tiempo has vivido aquí? –preguntó Sebastian apretando su mano.

–Esta no era nuestra primera residencia –replicó ella mirando la casa principal–. Pasaba aquí los veranos. Y mi madre me traía cuando necesitaba escaparse.

–Así que no se usaba a menudo –murmuró él.

–Estoy segura de que no siempre fue así. Ha pertenecido a mi familia desde antes de que yo naciera. Mi padre la consiguió...

–¿La consiguió?

Ashley se mordió la lengua. Era curioso cómo él había captado su elección de palabras. Se fijaba en todo. Tenía que ser más cuidadosa.

–La historia de mi padre sobre la isla cambiaba constantemente –admitió.

–¿Que oíste? –él soltó su mano, tenso.

A Ashley no le gustaba revelar su historia familiar. Eso daba a la gente la oportunidad de cuestionar sus antecedentes y de juzgarla.

–Es difícil separar la verdad de la leyenda. Algunos dicen que mi padre la ganó en una partida de póquer. Otros que fue un regalo de una mujer. Una vez oí que un político la compró para él a cambio de su silencio.

–¿Qué crees tú que ocurrió?

«Creo que la robó». No sabía cómo había conseguido la isla su padre, pero sabía qué tipo de hombre era. Hacía trampas en la pista de tenis y fuera de ella, pero eso no era lo único. Recordaba la mirada ladina de sus ojos cuando hablaba de Inez Key. Sabía que algo malo había ocurrido y no había querido investigar más.

–Es difícil decirlo –Ashley se obligó a encoger los hombros con indiferencia.

–Estoy seguro de que tienes una teoría.

–En realidad, no –dijo ella, ya junto a la casa–. Bueno, ya has visto Inez Key.

–¿No tienes más historias que contar?

Ashley sonrió. Había hablado sin descanso sobre sus aventuras infantiles en Inez Key, pero Sebastian no había parecido aburrido, sino auténticamente interesado.

—Eso será otro día –le prometió.

—Gracias por compartir tus historias conmigo –dijo él con amabilidad–. Y por enseñarme tu isla.

Ella sintió una oleada de timidez, como si hubiera compartido una parte secreta de sí misma.

—¿Cuál es tu parte favorita de Inez Key?

—La cala –dijo él–. Es el escondite perfecto. No me extraña que las tortugas de mar aniden allí.

—¿Cómo sabes que tenemos tortugas de mar? –Ashley frunció el ceño. No recordaba haberle contado que desovaban allí en primavera.

—Creo que Clea dijo algo al respecto.

—Suelen poner los huevos aquí. Dos meses después, las tortuguitas buscan su camino hacia el mar. Es un espectáculo asombroso.

—No lo dudo –murmuró él.

—Creo que las tortugas eligen este sitio porque hay pocos depredadores. También es un buen escondite para la gente. Los paparazzi no nos molestan nunca –no lo habían hecho ni cuando su padre iba de un escándalo a otro. No sabía si era porque la isla era difícil de encontrar o porque la madre traicionada y su hija no tenían interés.

—Es hora de irnos, mi vida –dijo Sebastian, preguntándose si sus ojos sombríos se debían a un mal recuerdo o a tener que irse de allí.

—¿No podríamos quedarnos esta noche?

—Imposible –la isla pertenecía a los Cruz y no quería que la propietaria anterior causara problemas pasando allí más tiempo–. Tengo que estar en casa de mi madre mañana.

—Estoy segura de que a mí no me ha invitado –dijo ella–. Puedo quedarme hasta que vuelvas.

Sebastian odiaba esa idea. No quería pasar otra noche sin Ashley. No había podido dormir por las ganas de tenerla en sus brazos. La idea de reemplazarla con otra ni siquiera se le había ocurrido. Solo quería a Ashley.

—Olvidas nuestro trato —dijo él con voz sedosa—. Se supone que debes estar conmigo a diario durante un mes. Te saltaste algunos días cuando huiste de Jamaica. Eso tendrá su coste.

—¿Coste? —ella palideció—. ¿Qué quieres decir?

—No llevas conmigo treinta días consecutivos —explicó él. Sonrió al comprender que eso le daba la oportunidad de tener a Ashley a su lado algo más de tiempo—. Añadiré los días que faltan al final.

—No habíamos quedado en eso —ella entreabrió los labios con sorpresa.

A él le daba igual. Había recorrido Miami buscando a esa mujer y no iba a dejarla ir.

—¿Preferirías que empezáramos de nuevo y convirtiéramos este día en el primero?

Algo llameó en los ojos de ella. Ashley bajó la cabeza y hundió el pie en la arena.

—Pensé que te aburriría pasar un mes entero con la misma mujer.

Sebastian frunció el ceño. Así había sido antes, pero no le ocurría con Ashley. Estaba buscando formas de mantenerla en su cama.

—Espera un segundo —Ashley alzó la cabeza y lo miró con horror—. ¿Estás diciendo que voy a conocer a tu madre? No. De ninguna manera.

—No tengo mucha elección. En cualquier caso, espera que vayas.

Ashley cerró los ojos y movió la cabeza.

—¿Sueles presentar a tus queridas a tu madre? —le preguntó con voz ronca.

–Nunca he tenido una querida –admitió él.

Ashley abrió los ojos y lo miró fijamente.

Sebastian hizo una mueca. No había planeado decirle eso, pero de repente le había parecido importante que entendiera que no era esa clase de hombre. Sin embargo, se sentía expuesto bajo su mirada, como si hubiera revelado demasiado.

–No creas que eso te hace especial.

–¿Por qué iba a creerlo? Me acorralaste con mucha eficacia. Es natural asumir que chantajeas a las mujeres para que se acuesten contigo.

–Tú querías estar en mi cama –se acercó a ella–. Solo tuve que ofrecerte un incentivo.

–Si pensar eso hace que te sientas mejor... –ella alzó la barbilla con altanería.

–Tendrás que moderar tu lengua antes de conocer a mi familia –le advirtió él con voz suave, pasando un pulgar por sus labios rosados.

Ella intentó morderle el pulgar, pero él había anticipado su respuesta. Apartó la mano antes de que pudiera hacerlo.

–No puedo hacerte promesas –hizo una pausa–. ¿Has dicho que iba a conocer a tu familia? Pensaba que solo era tu madre.

–Mis hermanas estarán allí. Eso implica que sus maridos, prometidos e hijos, también.

–¿Por qué? ¿Se trata de una ocasión especial?

–No, mi familia se reúne a menudo –Sebastian se esforzaba por apoyar a su familia. No solo firmaba cheques, estaba presente en los momentos importantes de sus vidas.

–¿Hay algo que deba saber sobre tu familia?

–No te presentes como mi querida –ordenó él.

–¿Crees que llevo ese título como una medalla de honor? –ella chasqueó la lengua.

–Dejaste claro en Jamaica que eras mi mujer –entrelazó los dedos con los de ella–. No tuve que obligarte. Estabas orgullosa de tu estatus.

–Eso fue antes de que me presentaras como tu querida –la ira tensó sus suaves rasgos–. Pensé que hacíamos un buen equipo hasta que hablaste con Salazar. Tuviste que marcar tu territorio. ¿Cómo se supone que he de definir esta relación?

Él no pensaba presentar a Ashley como su amante o su novia. Eso le daría privilegios que no se merecía. Había convertido a Ashley en su querida para quitarle el estatus que había obtenido sin tener que trabajar en su vida.

–No tendrás que hacerlo.

–¿Lo dices en serio? –intentó soltar su mano, pero él se lo impidió–. ¿No has dicho que tienes hermanas?

–Sí, cuatro.

–¿Y cuántas veces has llevado a una mujer a casa a conocer a la familia?

–Nunca –resopló él.

–Te espera una inquisición –Ashley sonrió al imaginarse el tratamiento que iba a recibir.

Él se preguntó si estaba ideando maneras de complicarle la vida. Podía dejar a Ashley en su ático mientras iba a visitar a su familia, pero no le gustaba la idea. Quería a Ashley con él, aunque supusiera correr un riesgo.

–Si causas problemas, te arrepentirás.

–¿Yo? No tendré que decir palabra. Solo me agarraré a tu brazo y agitaré las pestañas como una buena querida.

–Ashley –le advirtió él.

–Al menos dime por qué tenemos que ir a ver a tu familia. ¿Tu madre no se está recuperando?

–¿Cómo te has enterado de eso?

–¿Era un secreto? Dijiste algo al respecto en la inauguración del club. Y te he oído hablar con tu madre por teléfono.

–No sabía que entendías español –Sebastian achicó los ojos. Se preguntó cuánto había oído y si también entendía las palabras cariñosas que le decía en la cama. Tendría que tener más cuidado.

–No lo entiendo bien. No sé nada sobre el estado de tu madre.

–Está recuperándose de una operación de corazón –explicó él–. Hubo un momento en el que pensamos que no sobreviviría. Mi madre formuló un último deseo y llamamos a un sacerdote.

–No haré nada que pueda molestarle –Ashley le apretó la mano, compasiva–. Te lo prometo.

–Gracias –Sebastian se dio cuenta de que se estaba aferrando a su mano como a un salvavidas. La soltó–. No quiero discutir nuestra relación con nadie de la familia. No menciones Inez Key. De hecho, no des ninguna información personal.

–¿Debería utilizar un nombre falso? –preguntó ella con ironía.

–Ashley Jones irá bien –era un nombre común. Su familia no haría la asociación.

–Vale –ella se encogió de hombros–. Si eso es lo que quieres.

–¿Qué planeas? –preguntó él, suspicaz.

–Nada. Haré que la conversación gire sobre ti –se frotó las manos con exagerada alegría–. Estoy deseando saber todos tus secretos.

Él sintió pavor hasta que recordó que en su familia

había un tácito acuerdo que impedía mencionar ciertos temas.

—Buena suerte con eso —dijo con frialdad—. No tengo ninguno.

—Todo el mundo tiene secretos —Ashley hizo una mueca.

—Tú ya no. Los desvelé todos cuando te llevé a la cama.

—Estás obsesionado con haber sido mi primer hombre —masculló ella, ruborosa y tímida—. Si hubiera sabido que mi virginidad iba a ser tan importante para ti...

—¿Qué habrías hecho? —Sebastian se colocó ante ella, impidiéndole que se diera la vuelta. A ella no le había importado usar su virginidad como cebo para conseguir lo que quería de Raymond Casillas—. ¿Alejarte hasta que te suplicara? ¿Esperar a tener una alianza en el dedo?

—¡No! —dijo ella, con los ojos como platos—. Te lo habría dicho.

—¿Por qué no lo hiciste?

—No quería que supieras lo inexperta que era —confesó ella, roja como la grana—. Te habría dado ventaja sobre mí.

Él siempre había tenido ventaja, incluso con las mujeres más experimentadas. Pero, con Ashley, algunas noches no había estado seguro de quién estaba seduciendo a quién. Gradualmente, ella había captado cuánto lo excitaba que diera el primer paso. Empezaba a utilizar el poder sexual que tenía sobre él. Tendría que haber ocultado sus respuestas, o al menos tomar las riendas cuando se volvía demasiado atrevida, pero no quería hacerlo.

—No tenías por qué preocuparte, mi vida. Eres una

mujer muy sensual –notó que el cumplido la horrorizaba–. Me sorprende que te abstuvieras tanto tiempo. ¿Por qué esperaste?

–¿Falta de oportunidades? –aventuró ella. No iba a decirle la verdad. No toda.

–Imposible. Los hombres se someterían a las pruebas de Hércules por pasar una noche contigo.

–Todos menos tú –masculló ella–. Solo tuviste que chasquear los dedos para tenerme.

–¿Por qué esperaste? –repitió él. Lo que quería preguntar era: «¿Por qué me elegiste a mí?»

–Si vieras la casa en la que crecí lo entenderías –se cruzó de brazos y fijó la vista en el océano–. Mi madre era una querida. Un juguete sexual para mi padre. Y él era un mujeriego. Era peor que sus amigos. Las cosas que vi, que oí... No quería convertirme en parte de eso.

Sebastian sintió un pinchazo de culpabilidad, de vergüenza. Empezaba a pensar que había cometido un error al reclamar a Ashley como querida. Había pensado que le molestaría esa depreciación de estatus. En vez de eso, la había convertido en la única cosa que ella se había jurado no ser nunca.

–Sin embargo, te acostaste conmigo –a Sebastian no le cuadraba. ¿Se habría acostado con él para impedir que Raymond Casillas se cobrara su deuda?–. Según tú, soy igual que tu padre.

–Pensé que lo eras –dijo ella con voz queda, antes de alejarse–. Ya no estoy tan segura.

La tarde siguiente, Ashley estaba en un lujoso patio con vistas a la playa privada, contemplando la puesta de sol con la madre de Sebastian. Un grupo de niños jugaba en la arena. Salía música por las ventanas abiertas de la mansión Cruz y Ashley oía a las hermanas de Sebastian rezongar mientras ponían la mesa para la cena.

–¿Por qué no había oído hablar antes de ti? –preguntó Patricia Cruz, estudiando a Ashley.

Ashley ocultó una sonrisa. Tenía la sensación de que Sebastian había heredado el temperamento de su madre.

–No sé qué decirle, señora Cruz. Tal vez debería preguntárselo a Sebastian.

–No es muy comunicativo –Patricia Cruz se rio.

Tampoco lo era su madre. No era una mujer diminuta y ajada con gusto por las batas de casa y los chales. Era alta y regia. Su elegante vestido gris quedaba perfecto con su corto cabello plateado y su piel bronceada.

Patricia Esteban Cruz era cortés, pero reservada. Había esperado que toda la familia fuera así. Cuando Ashley había visto abrirse las verjas de hierro de la mansión, en primera línea de playa, el pánico había atenazado su pecho.

Había intentado no soltar una exclamación cuando vio la casa al final del camino bordeado de palmeras. Había esperado que la mansión Cruz fuera una casa impactante y moderna. Un fortín. Pero era refinada y tradicional, con tejados de terracota y paredes blancas. Ashley estaba acostumbrada a la alta sociedad, pero aquello era otro nivel. Era un recordatorio del poder e influencia de Sebastian.

–En cambio, sus hermanas son cálidas y abiertas –dijo Ashley.

Las hermanas de Sebastian eran ruidosas e inquisitivas, pero habían hecho que Ashley se sintiera bienvenida.

Y no tenían reservas a la hora de hablar de Sebastian. Habían empezado con un goteo de información que pronto se había convertido en un torrente de recuerdos. Las anécdotas e historias describían a un Sebastian curioso, versátil y demasiado listo para su propio bien. Había sido travieso, pero todas hablaban de él con orgullo, afecto y exasperación.

—Sí, no lo pasaron tan mal como Sebastian –dijo su madre con un suspiro–. Cuando mi marido murió, Sebastian se convirtió en el cabeza de familia. Era un niño. No tenía ni quince años.

Ashley percibió que le temblaban los dedos y que su rostro adquiría un tono grisáceo. Era obvio que Patricia seguía frágil tras su operación.

—Sebastian no habla de esa época de su vida. Ni de su padre –dijo.

—Vive con el recordatorio constante –declaró la mujer mayor–. Físicamente, es igual que su padre. Mi esposo era un hombre tradicional. Orgulloso y artístico.

—¿Su esposo era artista? –preguntó Ashley.

—Pintor. Acuarelista. No era famoso, pero sí muy respetado en el mundo del arte. En esta casa tenemos algunos de sus paisajes –los ojos de Patricia se entristecieron–. Dejó de pintar cuando nos trasladamos al gueto. Tenía dos empleos y mantenía a una familia creciente.

Por eso Sebastian se burlaba de cómo ella se ganaba la vida. Aunque reparara y mantuviera Inez Key, nunca había tenido que trabajar duro. No conocía el estrés de tener una familia que dependiera de ella.

—¿Cuál de sus hijos heredó el talento artístico de su marido? –por lo que había visto, todas las mujeres Cruz eran brillantes, exitosas y creativas.

—Umm... yo diría que Sebastian.

–¿En serio? –ella no había visto muestras de su lado artístico. Sebastian disfrutaba con el despiadado mundo de los negocios.

–Tendrías que haber visto lo que hacía en el colegio –dijo Patricia con orgullo–. Sus profesores lo animaron a asistir a clases particulares. Ojalá hubiéramos tenido el dinero. Pero Sebastian dijo que no le interesaba lo suficiente.

Ashley se imaginaba a Sebastian diciéndolo con un gesto de indiferencia. Se preguntó si había rechazado el arte porque tenía que ser sensato. Habría sabido que suponía una carga financiera para su familia y mostrado desinterés para proteger los sentimientos de su madre.

–Bueno, hay una cosa que he descubierto sobre Sebastian –dijo Ashley, animosa–, puede hacer cuanto desee. Si hubiera querido ser pintor, lo habría sido.

–¿Y a qué te dedicas tú, Ashley? –preguntó la madre de Sebastian–. Tienes veintitrés años, ¿no? Seguro que ya has descubierto tu pasión.

Ashley sabía que intentaba averiguar algo sobre su pasado, pero no estaba dispuesta a compartirlo; y no solo por la petición de Sebastian. Era poco probable que volviera a ver a Patricia Esteban Cruz, pero no quería que la juzgara por sus antecedentes familiares.

–Aún intento descubrirla –respondió con cautela–. ¿Qué quería usted a los veintitrés años?

–Un hogar –la mirada de Patricia se perdió en la distancia–. Quería estar en casa, a salvo con mis bebés mientras mi esposo pintaba cuadros de puestas de sol y chotacabras.

Ashley frunció el ceño. Había creído que los chotacabras eran autóctonos de las islas. No sabía que también los hubiera en tierra firme.

Ashley giró la cabeza al oír la risa aguda de un

niño. Vio a Sebastian, sexy e informal, con camiseta y vaqueros, junto al mar. El agua lamía sus pies descalzos mientras lanzaba al aire a uno de sus sobrinos y volvía a atraparlo.

—¡Más, tío Sebastian! ¡Más! –gritaba el niño. Una de sus sobrinas se abrazaba a su pierna, chupándose el pulgar. Ashley había notado que no se había separado de él desde que habían llegado.

—Ay, adoro a mis nietos, pero me agotan –confesó Patricia, observando al trío–. Sebastian es muy paciente con sus sobrinos y sobrinas. Ojalá lo fuera también con sus hermanas.

—Se le dan muy bien los niños –Ashley recordó lo amable que había sido con las nietas de Clea en Inez Key. La había preocupado que fuera como la mayoría de sus huéspedes de pago, que no querían ver ni oír a niños en la playa. Pero una vez se las habían encontrado jugando y se había acercado a ellas, agachándose a continuación para ponerse a su nivel.

Sonrió al recordar esa cálida y húmeda mañana. Sebastian había prestado toda su atención a Lizet y a Matil, alabando sus esfuerzos por construir un castillo de arena.

Las niñas lo adoraron de inmediato. Lizet le ofreció su cubo de plástico rosa y Matil bailoteó a su alrededor. Ashley había observado a Sebastian jugando con las niñas, y la habían asombrado su gentileza y su paciencia.

—Sería un buen padre –declaró Patricia.

Ashley deseó rechazar esa idea. Sebastian era un playboy. Un buen padre sería dulce y tierno. Un hombre de familia. No alguien como su propio padre, que destrozaría su familia por el afán de practicar el sexo con muchas mujeres.

De pronto, comprendió que Sebastian no era como Donald Jones. Sebastian cuidaba de su familia, que era su refugio, no una carga. Honraba sus compromisos y estaba dispuesto a poner las necesidades de su familia por encima de las suyas. Protegía a sus seres queridos en vez de dominarlos.

Ashley sabía que la incluiría en ese grupo si estaba embarazada de él. Cerró los ojos y se imaginó a Sebastian abrazándola, con las manos abiertas sobre su vientre hinchado. Sería gentil y posesivo. No permitiría que les ocurriera nada malo como familia. Ni como pareja.

–¿No opinas lo mismo? –preguntó Patricia–. ¿Crees que Sebastian sería un mal padre?

–Sería el padre que cualquier niño desearía –dijo Ashley lentamente, pensando que Sebastian representaba cuanto esperaba de un hombre y un marido, pero también cuanto temía–. Pero no creo que tenga la inclinación de convertirse en padre.

–Eso es lo que me preocupa. Sebastian tuvo que cuidar de sus hermanas desde muy joven. Puede que no quiera volver a hacerlo. Pero debería tener una esposa. Hijos propios.

–¿Para perpetuar el apellido Cruz? –Ashley, abstraída, se frotó el estómago. Quería el hijo de Sebastian. Más de uno. Quería tener una gran familia de hijos e hijas con el mismo pelo oscuro, la misma testarudez y fuerza que su padre. Más que nada, quería que esos niños sacaran el lado paternal de Sebastian.

–Exactamente –Patricia dio una palmada en el brazo del sillón, como haría un juez con el mazo–. Tendría que casarse.

«A mí no me mires», Ashley apretó los dientes para no decirlo. Los hombres no se casaban con sus queridas. Lo sabía de buena tinta. Durante veinte años, su madre había probado todos los trucos para conseguir que Donald fuera su esposo.

Donald y Linda compartían un pasado y una hija, pero no se habían casado. Donald le había dado su apellido a Ashley, pero nunca había entendido el porqué. No sabía por qué a ella la había considerado merecedora del apellido Jones y a su madre no.

Ashley, observando a Sebastian dejar a su sobrino en el suelo y levantar a su sobrina, pensó que él era diferente. Se casaría con ella si estaba embarazada. Ella anhelaba una familia tradicional, pero no así. Si estaba embarazada tendría que tomar decisiones difíciles. Había sido tolerada en casa de su padre, como parte del paquete. Ashley no iba a volver a pasar por todo eso.

Más tarde, Sebastian salió del cuarto de baño al dormitorio, aún envuelto en vapor y atándose una toalla a la cintura. Se le aceleró el corazón al pensar en estar a solas con Ashley.

Se detuvo al ver que ella no estaba esperándolo en la cama. Se giró y la vio ante la ventana, con los visillos flotando a su alrededor.

Lo golpeó el deseo al ver cómo la combinación de seda, que apenas le llegaba a los muslos, acariciaba sus suaves curvas. El rosa oscuro acentuaba el tono de su piel dorada por el sol. Deseó agarrar los delicados tirantes, romperlos y ver la prenda caer al suelo.

Tardó un momento en darse cuenta de que Ashley saludaba a alguien con la mano.

–¿A quién saludas? –preguntó. Aunque adoraba verla así, estaba más que dispuesto a taparla con algo. Solo él debería verla así.

–A tu hermana Ana Sofia y a su marido –respondió ella sin mirarlo–. Por lo visto, todas las noches pasean por la playa a la luz de la luna.

–Eso debe de ser muy romántico cuando está diluviando –se burló él–. Tú y Ana Sofia os habéis llevado de maravilla toda la noche.

–Quería contarme todas las cosas malas que le hiciste de niños –se volvió hacia él sonriente–. La verdad es que no me sorprendió.

–Tenía que ser estricto con ella –dijo él, acercándose–. Soy su hermano mayor, y nuestro padre había fallecido.

–Ya, pero tuviste suerte de tener hermanas.

–Yo no me sentí tan afortunado.

–Bueno, yo era hija única. Me habría encantado tener una hermana o dos.

–Hoy han estado en su salsa –Sebastian había notado cómo Ashley interactuaba con su familia, entre divertida y asombrada–. ¿No te abrumaron?

–Tardé un rato en acostumbrarme –admitió ella–. Tus hermanas gritaron un poco en la cena.

–Eso no fue nada –apoyó una mano en la pared y se inclinó hacia ella.

–¡Discutíais por un jarrón que se rompió hace casi veinte años! –lo miró con incredulidad.

–Me culparon a mí porque se suponía que estaba cuidando de mis hermanas –no lo había sorprendido que Ashley no se pusiera de su lado en la discusión. Tal vez seguía viéndolo como el enemigo–. Pero fue Ana Sofia quien lo rompió.

–Hace veinte años –le recordó ella–. Eres muy rencoroso.

–No lo sabes bien –apretó los dientes y dio un paso atrás. Sebastian no iba a revelar hasta qué punto el rencor dominaba sus pensamientos–. Seguro que también pasaba en tu casa. ¿A quién culpabas cuando rompías algo? ¿Al perro?

–No ocurrió nunca, pero dudo que mis padres lo hubieran notado. Se lanzaban muchas cosas contra la pared en sus discusiones –dijo ella–. Por no hablar de los destrozos que había en las famosas fiestas de mi padre.

Él se preguntó si esa era la razón de que Ashley no bebiera ni fuera a fiestas. Por lo que no le gustaba bailar y prefería la soledad. No podía culparla. Su vida familiar sonaba más a zona de batalla que a país de las maravillas.

–¿Cómo escapabas? ¿Pasabas mucho tiempo en casa de tus amigas?

–En realidad, no. Cuando sus padres descubrían que era hija de una querida dejaban de invitarme. Les parecía una mala influencia –hizo una mueca–. Hija natural. Odio esa etiqueta.

También odiaba la etiqueta de querida. Él no había sabido que eso le dolería tanto. Ni que había sido estigmatizada por su condición. Había jugado sin tener en cuenta el pasado de Ashley. Se preguntó cómo podía arreglarlo.

Ashley se pasó la mano por el pelo y echó los hombros hacia atrás. Sebastian conocía ese gesto, significaba que la conversación había terminado.

–Quería preguntarte si tu padre pintó esta acuarela –dijo ella, alejándose.

–Sí –replicó él, mirando la puesta de sol que colgaba de la pared.

–Es muy bueno –dijo ella, acercándose al cuadro–. Me recuerda a las puestas de sol que veo en Inez Key. Me hace sentir añoranza.

Su tono de voz lo afectó, pero no iba a dejarse lle-

var por el remordimiento. Tenía que ser estricto con
Ashley, o ella descubriría que estaba dispuesto a darle
casi cualquier cosa que pidiera.

–¿Este es otro intento de volver a la isla?

–No. Soy querida por un mes y debo seguir a tus
órdenes dos semanas más. Puedo esperar.

La culpabilidad de él se intensificó. Tendría que hacer honor a su palabra y permitir que se convirtiera en
encargada de Inez Key. Pero no la quería en la isla, no
era su sitio. Ashley Jones tenía que estar en su cama y
a su lado.

–¿Y si renegociáramos? –sugirió.

–¿Qué quieres decir? –Ashley estudió su expresión
con el ceño fruncido.

–El periodo de tiempo seguirá siendo el mismo, pero
olvidaremos el papel de querida –se acercó a ella–. Olvida las reglas que impuse.

–¿Cuál es la trampa? –posó la mano en su pecho y
curvó los dedos sobre el vello oscuro.

–No hay trampa.

–La renegociación, ¿es porque no quieres a tu querida en tu casa familiar, o porque no toleras la idea de
que tu querida pueda tener un bebé tuyo?

–Tendría que haberlo dejado cuando rompiste tu
promesa, ¿sabes? Se suponía que tenías que estar disponible para mí en todo momento, pero te fuiste con
Salazar unos días.

–Haces que suene más escandaloso de lo que fue
–Ashley suspiró con exasperación–. ¿Puedo recor-
darte que tú rompiste mis dos reglas?

–¿Quieres olvidar la etiqueta de querida o no? –preguntó él, rudo, apretándola contra su cuerpo.

–¿Qué sería si la olvidara? –Ashley se lamió el labio inferior.

–Mía –al ver que ella desviaba la mirada, insistió–. Lo digo en serio. Serías Ashley –«mi Ashley. Mi mujer. Mi vida. Mía». Y el siguiente hombre que intentara robársela, lo lamentaría.

–¿Seguirás esperando obediencia total? –preguntó ella, alzando la cabeza para mirarlo.

–Si no la hay ya, no va a haberla –respondió él posando los labios en la vena que latía en la base de su cuello. Le gustaba lo confiada y salvaje que era en sus brazos. Eso era cuanto necesitaba.

–¿Podré decidir a qué eventos asistir contigo? –preguntó Ashley–. ¿Y qué ropa ponerme?

–Sí –afirmó Sebastian, moldeando uno de sus senos. Sintió el pezón tensarse contra la palma de su mano.

–¿Y hoy podría tener mi propia habitación?

No –gruñó él. Tendría que haber sabido que si le daba la mano se tomaría el pie. El único poder que seguía teniendo sobre Ashley era la química sexual que compartían. Ella no podía ocultar sus sentimientos ni sus necesidades en la cama. No iba a permitir que se distanciaran.

–¿Por qué no? –lo retó ella–. ¿Tan importante es para ti? Yo...

–No volverás a echarme de tu cama. ¿No quieres sexo hoy? Bien –gruñó él–. Pero compartiremos la cama. Siempre.

–Trato hecho –Ashley esbozó una sonrisa seductora–. Y, ¿Sebastian?

–¿Qué? –preguntó él, entre brusco y aliviado.

–Te deseo esta noche –dijo ella, llevando la mano a la toalla–. Todas y cada una de las noches.

–Lo he notado –farfulló él con el corazón desbocado. Alzó a Ashley en brazos y ella le rodeó la cintura con las piernas. Se había preguntado cuándo admitiría que no podía dejar de tocarlo. Sabía que nunca lo habría confesado en el papel de querida.

La impetuosa renegociación iba a darle cuanto había deseado.

Capítulo 9

EL ELEGANTE restaurante de South Beach ofrecía una vista espectacular y un menú aclamado, pero Sebastian apenas lo notaba. Le daba igual que lo esperara una montaña de trabajo en la oficina, o que algunas de las personas más poderosas de Miami estuvieran sentadas cerca, esperando captar su atención. Nada le importaba excepto la exquisita morena que tenía a su lado.

Sebastian se recostó en la silla y sonrió al oír la risa de Ashley. Lo cosquilleaba como si encendieran fuegos artificiales bajo su piel. La risa de Ashley era uno de sus sonidos favoritos. A la par que sus gemidos de placer y cómo contenía el aliento cuando la tocaba en el punto exacto.

Observó a Ashley mientras su amigo Omar le contaba una de sus aventuras infantiles. Omar adornaba la historia, como si hubiera salvado a Sebastian de una muerte horrible, no de la violencia a la que se enfrentaban a diario. La esposa de su amigo movía la cabeza con una mezcla de horror y diversión.

Sebastian deseó poder congelar el momento. Era raro que se sintiera satisfecho y esperanzado. No se permitía muchos momentos de ocio. No recordaba la última vez que había pasado la tarde con sus amigos. Él no necesitaba relajarse y tomar una copa, disfrutaba buscando nuevos retos, creando nuevas estrategias.

Todo eso había cambiado desde que tenía a Ashley a su lado. Su cuerpo se tensó de lujuria al mirarla. Llevaba el pelo recogido en lo alto de la cabeza. Sentía la tentación de quitarle las horquillas y ver las pesadas ondas caer sobre sus hombros desnudos. Sospechaba que se había peinado así para tenerlo en vilo toda la velada.

Su vestido era otro tema. Escarlata, corto y sin tirantes, se lo había puesto para complacerlo. Ashley sabía cómo lucir sus curvas y que su color favorito era el rojo. El profundo escote le hacía rechinar los dientes, pero lo emocionaba que se hubiera vestido pensando en él.

Lo alegraba que hubiera elegido estar a su lado esa noche y todas las noches. No como su querida, sino como... ¿Como qué? ¿Su amante? ¿Su novio? ¿La posible madre de su hijo? No quería darle esa clase de poder ni aceptar el que ella tenía sobre él. No estaba seguro de qué era Ashley, pero era importante para él.

Sin embargo, el mes casi había acabado. Si no estaba embarazada, tendría que dejarla marchar. A no ser que cumpliera su promesa de dejar que fuera la encargada de Inez Key. No era una opción ideal, porque él no viviría en la isla. Pero pensaba visitarla a menudo.

–Puedo imaginármelo –Ashley echó la cabeza hacia atrás y se rio–. Erais unos diablillos.

–¡Espera un segundo! –los ojos de Crystal se iluminaron y señaló a Ashley con el dedo–. Ya sé por qué me resultas familiar.

Sebastian vio que Ashley se tensaba. Deseó silenciar a la esposa de Omar. Proteger a Ashley. Era injusto que Ashley hubiera bajado la guardia para ser confrontada con su historia familiar.

–Eres la hija de esa leyenda del tenis –exclamó Crystal.

–Sí, lo soy –confirmó Ashley, llevando la mano a su vaso de agua–. ¿Cómo lo has sabido?

–Como te dije, soy adicta a las noticias. Te pareces mucho a tu madre.

–Gracias –dijo Ashley.

Sebastian se preguntó si era el único que había notado el destello de dolor de sus ojos. Linda Valdez había sido una mujer bella, pero a Ashley no le gustaba que la compararan con ella.

–¿De qué hablas? –preguntó Omar a su esposa.

–El padre de Ashley era Donald Jones. La estrella del tenis –explicó Crystal.

Sebastian admiró la calma de Ashley. Sabía que estaba pensando que sus amigos la verían de otra manera porque su madre había sido una querida. Por la escandalosa muerte de sus padres.

Pronto descubriría que sus amigos auténticos no juzgaban. Tras sobrevivir al gueto y ver el lado más oscuro de la vida, nada los impresionaba.

–¿Donald... Jones? –repitió Omar lentamente, lanzando una mirada a Sebastian.

Sebastian maldijo para sí. Había olvidado que Omar sabía que su pasado estaba vinculado con Donald Jones. Movió la cabeza y Omar se calló de inmediato. Deseó que Ashley no hubiera notado el silencioso intercambio.

–Necesito ir a retocarme el maquillaje –murmuró Ashley, agarrando su bolso.

Sebastian se levantó de la mesa. Sabía que Ashley quería esconderse. Darse un momento para recomponer la máscara de serenidad que mostraba al público.

–Iré contigo –se ofreció Crystal, levantándose.

Ashley no dijo nada, pero Sebastian notó la tensión de su sonrisa cortés. Habría querido intervenir y protegerla de las preguntas que Crystal sin duda le haría, pero eso solo habría provocado más preguntas.

Atrajo a Ashley hacia sí y presionó los labios en su sien. Sintió que ella se apoyaba en él un instante, antes de apartarse. Las mujeres se alejaron.

Volvió a sentarse y se enfrentó a la mirada desaprobadora de Omar.

–¿Donald Jones? –preguntó su amigo con enfado–. No puede ser una coincidencia.

–No lo es –no podía insultar a Omar diciéndole una mentira.

–¿Qué has hecho, Sebastian?

–He cobrado una vieja deuda. El karma estaba actuando demasiado lento –contestó.

–Creí que habías dejado eso atrás –Omar miró a su alrededor para asegurarse de que no les oían–. Has llegado a ser más rico y poderoso que Jones.

–Eso no borra lo que él hizo.

–No lo entiendo –Omar movió la cabeza–. ¿Por qué ahora? ¿Después de tanto tiempo?

En otra época, Sebastian había estado consumido por la injusticia. Lo reconcomía y hacía que se sintiera débil y vacío. Había sido un niño encolerizado. Había perdido la inocencia y la infancia en el momento en que se vio lanzado a un mundo cruel, demasiado pronto. Había querido recuperar lo que le habían robado y se había esforzado hasta el agotamiento para convertirse en un hombre rico y poderoso.

Había sufrido contratiempos y golpes de mala suerte, pero para cuando ganó su primer millón Sebastian no pensaba en Donald Jones. Su objetivo había sido impedir que su familia lo perdiera todo. Nunca volverían a estar a merced de los Donald Jones del mundo.

Pero, cuando operaron a su madre del corazón, todo cambió. Comprendió que seguía siendo un niño colérico que no soportaba la injusticia.

—Cuando creímos que mi madre se moría, solo pidió una cosa —Sebastian recordó a su madre en la cama de hospital, pálida y frágil. Había resultado obvio que, incluso después de tantos años, lo que pedía lo significaba todo para ella—. ¿Cómo podía negársela?

—Conozco a tu madre —Omar frunció el ceño—. Ella no te pidió venganza.

—Lo que estoy haciendo es corregir algo que estuvo mal. Buscando justicia.

—Entonces, tengo que preguntarte una cosa —Omar se inclinó hacia delante—. ¿Qué amenazas le hiciste a Ashley? ¿Qué le has quitado? ¿Y qué tendrá cuando esto acabe?

—No necesitas preocuparte por Ashley. Las herederas malcriadas siempre caen de pie —Sebastian hizo una mueca. No tendría que haber dicho eso. Ashley había vivido en un mundo de excesos y privilegios, pero si fuera una princesa mimada no habría sobrevivido sola tanto tiempo.

—No es ninguna heredera malcriada —refutó Omar—. Créeme, estoy casado con una. Ashley es inocente. Sufrirá sin culpa. Como hiciste tú.

Sebastian miró fijamente a su amigo. Ashley no estaba recibiendo el mismo tratamiento que él. Vivía con lujos y bajo su protección.

—Omar, no sabes de lo que hablas.

—Espero que no —Omar lo miró con decepción—. Porque nunca pensé que vería el día en que te convertirías en otro Donald Jones.

–No me parezco nada a ese hombre –siseó él.

–El tiempo lo dirá –murmuró Omar–. Antes de lo que crees.

Horas después, Ashley y Sebastian volvieron al ático. A pesar de la naturaleza inquisitiva de Crystal y de sus preguntas, Ashley había hecho lo posible para que el resto de la velada fuera agradable. No quería que nadie supiera cuánto seguían doliéndole las acciones de su familia.

Sebastian se excusó y fue a su despacho a hacer unas llamadas telefónicas. Ella agradeció poder pasar un momento a solas. Se quitó los zapatos y fue a la piscina, pero estaba demasiado cansada para nadar. Paseó de un lado a otro mientras intentaba purgar sus recuerdos.

–¿Ashley? –la voz de Sebastian interrumpió sus pensamientos–. ¿Qué haces aquí?

–Pensar –se encogió de hombros–. ¿No tenías que hacer unas llamadas?

–Eso fue hace horas –dijo él, acercándose.

–Oh –se detuvo y miró el cielo. No se había dado cuenta del paso del tiempo.

–¿Qué te dijo Crystal cuando estabais solas? ¿Te hizo sentir mal?

–Crystal hizo las mismas preguntas que hacen todos. Nada que no pueda manejar.

–¿Sus preguntas removieron algo?

–Sigo sin poder perdonar lo que mis padres se hicieron el uno al otro. Y, sobre todo, no puedo perdonarme a mí misma.

–¿Qué tendrías que perdonarte?

Ashley se abrazó el cuerpo. Habría querido guardar silencio, pero no fue capaz.

–Cuando tenía dieciocho años, me harté de las infidelidades de mi padre. No podía soportar que mi madre fuera incapaz de ver lo que ocurría delante de sus narices.

–¿Qué hiciste?

–Le conté a mi madre la verdad sin tapujos –cerró los ojos y recordó la expresión de su madre. Había pasado de la incredulidad al shock. El dolor había surcado el rostro de su madre y Ashley pensó que nunca desaparecería–. No tuve piedad con sus sentimientos. Fui yo quien le dijo que mi padre tenía una aventura con su mejor amiga.

–Ese tiene que haber sido el momento más difícil de tu vida –dijo él, impasible. No lo escandalizaban las elecciones o acciones de ella o de sus padres. La mayoría de la gente, en cambio, quería enterarse de todos los sucios detalles.

–No –confesó ella–. Fue un alivio. Creí que podríamos empezar de cero, acabar con el drama y el miedo. Nunca me sentí segura mientras crecía. No sabía cuándo llegaría una nueva pelea.

No sabía por qué le estaba contando eso a Sebastian. Nunca había compartido ese secreto. Había destrozado a su familia y por mucho tiempo que pasara en Inez Key, alejada del mundo, nunca encontraría la redención.

Sin embargo, su instinto le decía que Sebastian la entendería, que no hacía falta ocultarle nada.

–No me importó traicionar a mi padre –Ashley se frotó los brazos, que sentía helados–. Me sentía como si él nos hubiera traicionado hacía mucho.

–Y supongo que tu padre se enteró.

–Sí, me envió a la universidad. Tendría que haber agradecido escapar de ese ambiente tan tóxico, pero me rebelé –había estado dolida y fuera de control. No creía haber hecho nada malo y pensaba que su padre debía ser el castigado–. Le hablé a mi madre del resto de sus escapadas. Las que la prensa no había revelado. Mi madre reaccionó apartándome de su vida.

–Ambos te castigaron por decir la verdad.

–Un mes después estaban muertos –ella suspiró–. En vez de proteger a mi familia, la destruí. Causé mucho dolor.

–No sabías cuál sería el resultado final.

–Sabía que no sería tranquilo. No era su estilo –se alejó de Sebastian, incapaz de seguir a su lado. Tenía que encontrar un sitio donde pudiera sufrir y dolerse a solas–. La gente siempre quiere saber qué provocó el asesinato-suicidio. Nadie ha descubierto que fui yo quien puso todo en marcha.

–¿Ashley? –la llamó él.

–¿Qué? –se dio la vuelta, esperando ver condena y rechazo en los ojos de Sebastian.

–¿Qué fue de la amiga? –preguntó. Ella supo que se lo imaginaba, pero buscaba confirmación–. ¿La que tuvo la aventura con tu padre?

Solo él preguntaría eso. Sabía cómo funcionaba su mente. Eso tendría que asustarla, pero percibía su empatía. Él sabía que no era tan inocente como parecía. Lo que no sabía era que aquella era la última vez que había actuado en vez de huir y esconderse.

–Quería venganza –le dijo–. Tendría que haberlo dejado pasar, pero no podía permitir que ella se fuera de rositas. Había fingido ser una buena amiga, pero me aseguré de que todos se enteraran de su auténtica naturaleza. Perdió todo lo que le importaba: su estatus, sus relaciones sociales y a su marido.

–No somos tan distintos –murmuró Sebastian–. Yo habría hecho lo mismo.

Ashley caminó hacia él en silencio y apoyó la cabeza en su hombro. Suspiró cuando la rodeó con los brazos. No estaba segura de que hubiera sido buena idea revelarle su más oscuro secreto. Ya había utilizado sus confesiones en el pasado. Había roto sus promesas.

Si quería destruirla por completo, nada le impediría hacer uso de esa información.

La mañana siguiente, Sebastian estudió a Ashley durante el desayuno. El pelo revuelto caía sobre su rostro como un velo y parecía diminuta envuelta en un albornoz de él. Agarraba la taza con ambas manos y miraba el café como si contuviera todas las respuestas de la vida.

Sabía que el café de la mañana era para ella como un ritual sagrado, pero en ese momento se estaba ocultando de él. Distanciándose. Estaba demasiado callada, y sospechaba que la incomodaba haber compartido su secreto con él.

Eso lo ofendía, pero sabía que tenía derecho a sentirse así. No tenía buen historial con Ashley Jones. Cuando le había contado lo del préstamo de Raymond Casillas, había usado la información en beneficio propio. También había usado su atracción sexual por él para convertirla en su amante. Una o dos promesas rotas y la posibilidad de haberla dejado embarazada por accidente...

Sebastian se tragó una maldición. Seguramente estaba contando los minutos que faltaban para que acabara su acuerdo. Tenía que demostrarle a Ashley que podía cuidarla dentro y fuera de la cama. Tenía que cumplir su promesa y dejar que se quedara en Inez Key.

Se preguntó si querría seguir con él o si se distanciaba porque solo quedaban unos días para que finalizara el trato. ¿Era demasiado tarde para demostrarle que podía ser el hombre que ella quería?

Sebastian odiaba esa incertidumbre. La mayoría de las mujeres se conformaban con su atención y su estilo de vida. Eso no era bastante para retener a Ashley. Por un momento, deseó que estuviera embarazada de él. Necesitaba crear un vínculo duradero con esa mujer.

—Tengo que hacer otro viaje hoy —anunció Sebastian—. Quiero que vengas conmigo.

—¿Adónde vas esta vez? —preguntó Ashley.

—A Inez Key.

Ashley dio un respingo de sorpresa. Temblorosa, dejó la taza en la mesa de golpe.

—¿Quieres que vaya a Inez Key? ¿Por qué?

Era porque quería hacerla feliz. Darle cuanto deseara. Encontrar algún tipo de compromiso que paliara la culpabilidad que le oprimía el pecho.

—Las reformas casi han acabado —dijo él, como si eso lo explicara todo.

—Ha sido muy rápido —dijo ella arrugando la frente—. ¿Cómo lo has conseguido?

—Todo se puede conseguir con dinero —y Sebastian había invertido mucho. Todo tenía que ser perfecto en la casa principal. Los jardines tenían que quedar igual que veinticinco años antes. Nada menos que eso sería suficiente.

—¿Por qué quieres que vaya contigo?

—Vas a ser la encargada de la isla —dijo él.

—Respecto a eso... —Ashley bajó la cabeza.

A él lo sorprendió su tono titubeante. Había creído que se sentiría complacida. Agradecida por la oportunidad de quedarse en la isla.

—Tengo que rechazar la oferta.

–¿Por qué? –había pasado un mes con él para quedarse en la isla–. ¿No era eso lo que querías?

–Necesitaba la isla hace cinco años. Era mi refugio –Ashley lo miró a los ojos–. Pero ahora soy una persona diferente y no puedo seguir poniendo mi vida en suspenso. Es hora de avanzar. Y no podré hacerlo si estoy en Inez Key.

Sebastian se debatió contra la tentación de discutir. Quería convencerla de que la isla era el mejor lugar para ella, pero en el fondo sabía que no era cierto. Sería mejor para él que se quedara en una isla, aislada, sin hombres solteros, siempre disponible para él. La idea le gustaba demasiado.

–¿Y qué vas a hacer?

–No lo sé. Ya pensaré en algo.

No parecía excitada por ese cambio en su vida. Sencillamente lo aceptaba. Pero, si ya no quería Inez Key, no tenía cómo retenerla. A no ser que le pidiera que viviese con él.

A Sebastian se le desbocó el corazón. Quería hacerlo, pero no estaba seguro de cuál sería la respuesta. Lo había rechazado antes, incluso sin saber que había jugado sucio. Ashley sabía qué clase de hombre era y podía optar por no compartir su vida con él.

–Aun así, deberías venir a Inez Key conmigo –dijo–. Sería un buen momento para recoger tus cosas y despedirte de tus amigos.

–Tienes razón –aceptó Ashley–. Debería echarle un último vistazo antes de seguir adelante.

A Ashley no le gustaba pasar la noche en la mansión prebélica. Tenía demasiados recuerdos y sombras a los que enfrentarse en la solitaria y silenciosa casa. Pero esa noche era distinta. Los isleños habían decorado la playa con antorchas y guirnaldas de flores, habían bailado al ritmo de los tambores, cantado canciones piratas y bebido ron.

La reunión había parecido más una celebración de mayoría de edad que una fiesta de despedida. Había percibido amor y comprensión de todos. Iba a echarlos de menos, pero sabía que pensarían en ella en su nuevo viaje.

–Gracias por invitarme a Inez Key –le dijo a Sebastian, mientras subían la escalera que llevaba a la suite–. Me alegro de haber venido.

–Los isleños van a echarte mucho de menos.

–No te sorprendas tanto –dijo ella con una sonrisa exasperada–. Todos en Inez Key han sido como una familia para mí. Clea me trataba como a una hija honoraria. No sé qué piensa de ti –Ashley recordó cómo la mujer había mirado fijamente a Sebastian durante gran parte de la fiesta.

–Está enfadada porque soy la razón de que te vayas –Sebastian abrió la puerta del dormitorio–. Puede que siempre me vea como el enemigo.

Ashley entró y parpadeó al ver los cambios. Los muebles pesados y la cama con dosel que habían sido sustituidos por otros alegres y modernos. No sintió la opresión que había sentido cada vez que entraba allí.

–Había olvidado que esta habitación te traería demasiados recuerdos –farfulló Sebastian.

–No, está bien. Estoy justo donde quiero estar –tomó el rostro de Sebastian entre las manos y lo besó. Tal vez fuera la ultima oportunidad que tenía de tocarlo y acostarse con él. Cuando acabara su mes no tendría más derechos.

Agarró su mano, lo llevó hacia la cama y se tumbó. Pero Sebastian no parecía tener ninguna prisa. Agarró su rostro y rozó su boca con la suya. Su gentileza dejó a Ashley sin aliento.

Siguió besándola lentamente, posando los labios en su frente y sus mejillas, en la línea de su mandíbula y en la curva de su oreja. Era como si estuviera intentando rememorar sus rasgos.

—Así es como te habría hecho el amor la primera vez —dijo, bajándole los tirantes del vestido—, si hubiera sabido que eras virgen.

—Nuestra primera noche fue especial. Perfecta —afirmó ella, echando la cabeza hacia atrás y arqueando el cuello, animándolo a seguir.

—Te asusté —le recordó él, besándole el cuello.

—Me asusté a mí misma —lo corrigió ella, jadeante—. Fue demasiado, demasiado intenso. Nunca me había sentido así antes.

—Quisiste esconderte —le quitó el vestido con reverencia—. Por eso rechazaste mi oferta.

—Fui una tonta —admitió ella, desabrochándole la camisa. Se inclinó hacia delante y besó la cálida piel morena—. No pretendía que me consideraras una mujer fría y sin corazón.

—¿Y si te hiciera esa oferta ahora? —su voz sonó ligera, pero ella percibió que lo preguntaba en serio—. ¿Qué me responderías?

—Eso depende —le dio un vuelco el corazón—. ¿Cuál es tu oferta?

Sebastian se quitó la camisa y la tumbó de nuevo. Se alzó ante ella, orgulloso y viril.

—Vuelve a Miami conmigo.

Ella se preguntó por cuánto tiempo y con qué papel. Las preguntas le quemaban la lengua, pero se calló. ¿Sería su anfitriona ocasional o un adorno en su brazo? ¿Su amante o la madre de su bebé?

Ashley deseó aceptar su oferta de inmediato, sin pensarlo. Negarse a negociar y olvidar sus reservas. Lo amaba con una ferocidad que rayaba en la obsesión. Por fin entendía por qué su madre lo había arriesgado todo para estar con el hombre al que amaba. La única diferencia era que Ashley había elegido a un buen hombre. Uno que la trataría con respeto y adoración.

–¿Y? –preguntó Sebastian, impaciente.

Ashley se mordió el labio inferior. No estaba segura de si lo estaba sugiriendo porque pensaba que estaba embarazada. Le hacía la pregunta cada mañana y que su periodo se retrasara no ayudaba nada. ¿Era una estrategia o una invitación de corazón?

–¿Sin incentivos esta vez, Sebastian? –lo retó, estirándose sobre el colchón y viendo cómo el rostro de él se tensaba de lujuria.

–No tengo nada que necesites –dijo, introduciendo los dedos bajo la goma de sus bragas de seda y tirando de ellas hacia abajo.

–No estés tan seguro de eso –se pasó la lengua por el labio inferior.

–Dime qué quieres –la animó él–. Pide lo que quieras y te lo daré.

Ella quería su amor. Ashley sabía que debía desviar la mirada antes de que sus ojos revelaran la verdad, pero estaba hechizada. Quería más que su atención o su corazón. Quería todo lo que Sebastian Cruz tenía que ofrecer. Quería ser parte de su vida, su futuro y su alma.

–A ti –se le quebró la voz–. Te quiero a ti, sin limitaciones.

–Y me tendrás –dijo Sebastian situándose sobre

ella. Puso los brazos a ambos lados de su cabeza, atrapando su pelo con las manos. No habría podido moverse aunque hubiera querido.

Sebastian devoró su boca antes de lamerla y besarla bajando hacia su pecho. Capturó un pezón con los dientes y la torturó con la lengua hasta que las sensaciones se desataron bajo su piel.

Ashley se retorció bajo él mientras acariciaba y lamía su vientre plano. Sus piernas temblaron cuando colocó una mano posesiva sobre su sexo.

Sebastian le sostuvo la mirada mientras acariciaba los pliegues de su sexo. Ashley se sonrojó y se quedó sin aire cuando él apoyó la boca allí. Gimió y se tensó, volviéndose loca bajo su lengua mientras él paladeaba su sabor.

El clímax, rápido y brutal, la dejó laxa. Abrió los ojos al oír a Sebastian quitarse la ropa. Sebastian estaba junto a la cama, gloriosamente desnudo, poniéndose un preservativo.

En silencio, le abrió las piernas y se situó entre sus muslos. Ella observó las emociones primitivas que surcaron su rostro cuando la penetró.

El gemido de Ashley se mezcló con el gruñido grave de Sebastian. Ella giró las caderas y él empezó a embestirla con un ritmo lento y continuo diseñado para hacerle perder la cabeza.

Sus músculos lo apretaron con fuerza cuando él profundizó. Ashley quería más. Quería que durase para siempre. Lo quería a él para siempre.

–Te quiero –las palabras fueron como un susurro agónico. Ashley cerró los ojos y giró la cabeza. No había planeado revelarle su secreto.

Sebastian embistió más rápido y con más fuerza. Ella no se atrevía a mirarlo. No sabía si se sentía triunfal o molesto, divertido o irritado, por sus espontáneas palabras.

La cama vibraba con cada embestida. Era como si estuviera marcándola con ese contacto tan íntimo. Otro clímax, más fuerte y ardiente, la sorprendió. Gritó al mismo tiempo que Sebastian.

Él se derrumbó sobre ella, que agradeció el peso de su cuerpo sudoroso. Ya no le quedaban dudas. Pertenecía a Sebastian Cruz para siempre.

Capítulo 10

LA MAÑANA siguiente, Ashley estaba junto a las puertas que daban al balcón. Hacía un día perfecto en Inez Key; cálido y poco húmedo. El océano, azul vívido, estaba en calma. Las flores tropicales se abrían bajo el sol.

Pero sus confusos pensamientos no le permitían disfrutar de la vista. Miró la cama. Las sábanas estaban revueltas y las almohadas en el suelo. Sin embargo, se había despertado sola.

Sebastian la estaba evitando porque le había dicho que estaba enamorada de él. Ashley se mordió el labio inferior al recordar el momento. No sabía qué le había ocurrido; se le daba bien ocultar sus sentimientos, pero había bajado la guardia. Había sentido la compulsión de compartir lo que sentía.

Y él no había contestado. De hecho, no había dicho nada en absoluto.

Ashley se frotó la frente y se apoyó en el umbral. Daba igual. Lo había dicho en un momento de pasión. Él no se lo tomaría en serio.

Vio un movimiento en la playa y se inclinó hacia delante. Sebastian caminaba por el muelle hablando por el móvil. No podía oír su conversación, pero su sonrisa y cómo ladeaba la cabeza indicaban que hablaba con su madre.

Sebastian Cruz era un playboy arrogante y poderoso, pero también un hombre de familia. Admiraba cómo se ocupaba de ellas. Había pensado que ese tipo de hombre solo existía en irreales series televisivas.

A diferencia de los playboys que conocía, Sebastian respetaba a las mujeres. Por exasperado que estuviera con sus hermanas, las veía como a mujeres de éxito que aportaban una valiosa contribución a su campo, comunidad y familia. Escuchaba las opiniones de su madre y le pedía consejo. Estaba listo para ayudar a las mujeres de la familia si se lo pedían, pero no las veía como inútiles muñecas de porcelana.

Ashley lo observó, escondida entre las sombras del balcón. Podía estudiarlo y memorizar sus duros ángulos y sus anchos hombros. El hombre era pura virilidad y sexualidad, incluso con camisa de algodón y vaqueros caídos. Era una pena no estar embarazada de él.

Lo había descubierto esa mañana y, en vez de sentir alivio, Ashley había sentido una gran decepción. No había comprendido cuánto deseaba el bebé de Sebastian hasta ese momento. Ya no había nada que pudiera retenerlo junto a ella.

Vio a Sebastian bajar el teléfono e ir hacia la puerta de entrada. No podía verlo, pero lo oyó saludar a Clea.

–Buenos días, señor Sebastian –dijo el ama de llaves. Su tono sonó amistoso como siempre, pero Ashley captó su nerviosismo–. Quería hacerle una pregunta, pero nunca lo veo a solas.

–¿Qué quiere saber? –preguntó Sebastian.

–¿Solía vivir en esta casa? ¿Hace unos veinticinco años?

A Ashley estuvo a punto de parársele el corazón. Clea no podía estar sugiriendo que la familia Cruz había sido propietaria de Inez Key. Eso era ridículo.

–Sí –dijo Sebastian–, este era mi hogar hasta que Donald Jones se lo robó a mi familia.

Ashley pasó del calor al frío. Su padre les había quitado la isla a los Cruz. Los había arruinado. ¿Por qué? No tenía ningún interés en Inez Key.

–Y ahora lo has robado tú –dijo Clea.

Las palabras del ama de llaves resonaron en su cabeza. Ashley se apoyó en la pared, le fallaban las piernas. Por eso Sebastian había estado tan interesado en la isla. Por eso se había negado a aceptar que Inez Key no estaba en venta.

Un collage de imágenes inundó su mente. Sebastian de pie en el muelle con aire de conquistador. Las acuarelas pintadas por el padre de Sebastian. Las sombras que había visto en sus ojos cuando miraba la casa principal.

Su plan había sido seducirla y robarle Inez Key porque el padre de ella lo había hecho antes. Ojo por ojo.

Ashley tomó aire al sentir un latigazo de furia y dolor. Él no había respondido a su declaración de amor porque no sentía nada por ella. Solo había sido un peón en su juego de venganza.

Se había equivocado de plano. Había querido creer que Sebastian no era como los hombres a los que conocía. Que era bueno. Un hombre en quien confiar y con quien compartir su vida. Había creído que su felicidad y seguridad eran prioritarias para él. Que quería lo mejor para ella.

Había ignorado su instinto inicial. No sabía si había sido su belleza o su sexualidad lo que la habían distraído. Él la había utilizado sin ningún resquemor, como un peón que podía sacrificar. Y ella había creído lo que deseaba creer.

Ashley cerró los ojos. Quería bloquear el mundo que la rodeaba. Correr sin mirar atrás. Pero había una verdad que no podía ignorar. No era mejor que su madre.

Linda Valdez no era la única mujer de la familia que tomaba decisiones estúpidas respecto a los hombres a los que amaba. Donald Jones no había sido digno del tiempo y las lágrimas de su madre, pero Linda se había negado a verlo. Se había creado un mundo de fantasía, un mundo en el que se sentía amada y especial.

Ashley abrió los ojos lentamente. Tenía la sensación de que las paredes se cerraban sobre ella. La ira y el dolor burbujeaban bajo la superficie, amenazando con emerger. Sería una erupción desagradable y violenta.

No lo permitiría. No iba a seguir el camino de su madre. Cerró los puños con fuerza. Agradeció el dolor de clavarse las uñas en las palmas, pero eso no palió su furia. Más que nunca, necesitaba mantener el control.

Tenía que irse de allí. Cruzó la habitación con las piernas temblorosas. Doblada de dolor, fue hasta el armario y sacó su bolsa de viaje, ya preparada.

Deseaba dejarse caer al suelo y acurrucarse como un gatito. Parpadeó para evitar las lágrimas que le quemaban los ojos. «No llores ahora, Ashley. Llora cuando nadie pueda verte o aprovecharse de tu debilidad. Llora a solas».

«A solas». Estaba sola y sin ningún sistema de apoyo. Sin hogar. No había confort o paz en su vida. Sebastian se lo había quitado todo.

Ashley soltó el aire lentamente. Sabía que había sido distinta al resto de las mujeres de su vida. No sabía cómo ni por qué había atraído su atención, pero no había querido pensarlo, le daba demasiado miedo que todo acabara.

Ashley dobló la cintura al sentir que la agonía la desgarraba. Todo había sido una mera ilusión.

Incluso el sexo. Se apoyó en la pared porque sentía náuseas. El sexo. Él había hecho que se sintiera especial y deseable. Poderosa y sexy. Sebastian le había enseñado lo que era el placer. La pasión. Y había creído que él sentía lo mismo.

De repente, oyó los pasos de Sebastian en el vestíbulo. Un segundo después, la puerta se abrió. Le dio un vuelco el corazón al verlo ante sí. Se sentía pequeña e insignificante, como una campesina ante un emperador todopoderoso.

–¿Por qué no me lo dijiste? –siseó ella.

Sebastian notó su expresión descompuesta y la bolsa de viaje que llevaba en la mano. Vio las puertas del balcón abiertas y adivinó lo que había ocurrido. Su rostro se ensombreció. Cerró la puerta a su espalda y se apoyó en ella. Se cruzó de brazos y, sin hablar, la observó.

Se sentía atrapada, débil, y necesitaba ocultarlo dando el primer golpe. Nunca había sido tan consciente de su altura y envergadura. La camisa y los vaqueros desvaídos no escondían que era puro músculo. Nunca podría moverlo.

–Pareces disgustada –masculló él.

–¿Qué es Inez Key para ti? –preguntó ella, atónita por que no mostrara ningún remordimiento.

–Fue mi hogar de la infancia –dijo él.

–¿Y sentías la necesidad de robármelo? También fue mi hogar de la infancia.

–Yo no robé Inez Key –apuntó él con fingida calma–. Fue tu padre quien lo hizo.

–¿De qué lo acusas exactamente? –preguntó ella, ronca. No dudaba que Donald Jones hubiera hecho algo malo. Era su forma de vida.

–Ganó nuestra casa en una partida de póquer –dijo Sebastian–. Pero hizo trampas.

–Eso no lo sabes. No tienes pruebas –sonaba típico de su padre, pero tal vez solo fuera su reputación lo que lo hacía parecer culpable.

–Alardeó de ello años después. Su amigo Casillas confirmó la historia –dijo Sebastian.

–¿Para qué iba a querer la isla? No tiene sentido. A mi padre no le importaban las propiedades. Apenas venía a esta isla.

–Quería otra cosa e intentó utilizar la isla como moneda de cambio –casi rugió Sebastian.

–¿Qué? –Ashley se estremeció–. ¿Qué quería en realidad?

–A mi madre –su voz sonó fría y dura–. Jones dijo que no se quedaría con la isla si podía irse a la cama con mi madre.

Esas palabras fueron como un latigazo para ella. Podía imaginarse a su padre intentando hacer ese tipo de trato. Lo había visto intentarlo.

–¿Y por eso te acostaste conmigo?

–No –refutó él–. Te llevé a la cama porque te deseaba y no pude controlarme.

Ella no estaba dispuesta a creer eso. Sabía que no tenía ningún poder real sobre él. Él se había dejado llevar porque quería seguir con el juego.

–No me mientas –le advirtió–. Fue ojo por ojo. Mi padre intentó llevarse a tu madre a la cama con un chantaje. Tú me hiciste lo mismo. Pero tú tuviste éxito –porque ella había tenido un precio.

–Mi padre no iba a permitir que Jones tocara a mi

madre. Era su esposa. La madre de sus hijos. Tendría que haberlo matado por sugerirlo.

—Y yo era una heredera mimada que vivía la vida que deberías haber tenido tú —susurró ella. Necesitaba salir de allí. Irse antes de decir demasiado.

—Deja la bolsa —ordenó Sebastian—. No vas a ir a ningún sitio.

—Creí todo lo que dijiste —declaró ella con desdén—. Dijiste que cuidarías de mí si me quedaba embarazada. Pensé que lo decías en serio.

—Y así es —Sebastian recorrió su cuerpo con la mirada.

—No te preocupes, Sebastian. No estoy embarazada. ¿O también era parte de tu plan?

—Nunca haría eso a un niño inocente.

Ashley retrocedió. No confiaba en sí misma cuando estaba cerca de Sebastian. Tenía la capacidad de hacerle olvidar sus mejores intenciones con una caricia. Peor aún, él lo sabía.

—Pero me lo harías a mí porque no puedo ser inocente. Soy la hija de Donald Jones, ¿verdad? Tenía que ser castigada.

—Déjame explicártelo —llevó los brazos hacia ella.

—¡No! No me toques. Ya no tienes ese derecho.

—Escúchame. Cuando creíamos que mi madre iba a morir, nos hizo una petición. Si sobrevivía, quería pasar el resto de sus días en Inez Key.

Ashley recordó la mirada perdida de Patricia cuando hablaba de su hogar. Pensaba en Inez Key, representada en las acuarelas de su marido. Era el paraíso que había perdido.

—Ah, claro, eso lo cambia todo —dijo Ashley con sarcasmo—. Tu madre quería la isla. Eso te excusa por seducirme y robarme mi hogar.

–No estoy poniendo excusas –dijo él observándola ir hacia la puerta.

–No, no crees necesitarlas. Solo estabas haciendo justicia, ¿verdad?

–Lo que él hizo...

–Mi padre te robó la isla. Tú me la robaste a mí –abrió la puerta y corrió escalera abajo. Oyó a Sebastian a su espalda–. Mi padre quería humillar a tus padres chantajeándoles para acostarse con Patricia. Tú me hiciste chantaje e intentaste humillarme convirtiéndome en tu querida. Mi padre te llevó a la pobreza. Tú me has dejado sin hogar y en bancarrota. ¿Se me olvida algo?

–No tenía planes de venganza –dijo Sebastian, siguiéndola–. Mi objetivo era comprar Inez Key y convertirlo en el hogar de mi madre.

–Ah, no pretendías repetir la historia –fue hacia la puerta principal–. Accidentalmente, seguiste el mismo patrón que mi padre. ¡Qué alivio! No sabes lo feliz que me hace saber que eres igual que Donald Jones.

–Yo no inicié este retorcido juego. Lo concluí.

–Enhorabuena, Sebastian. Has ganado –salió y cerró de un portazo–. Espero que haya merecido la pena.

Ashley ni se fijó en las agresivas líneas de acero y cristal cuando entró en la sede de Conglomerado Cruz. El impresionante vestíbulo y las obras de arte ya no la intimidaban. La ira que surcaba su cuerpo silenciaba el sonido de la multitud que la rodeaba. Solo deseaba decirle unas cuantas cosas a Sebastian.

Apretó el sobre de papel manila mientras esperaba en recepción, impaciente. No tenía ganas de ver a Sebastian. Había pasado un mes desde que se fue de Inez Key y no se sentía preparada.

Aún amaba a ese bastardo. Sacudió la cabeza. Eso demostraba que era digna hija de su madre.

Su primer instinto había sido ignorar la carta. Pero era imposible hacerlo. Se había sentido paralizada unas semanas, hasta que vio su nombre en el sobre. Le había encantado que supiera dónde vivía. Que siguiera pendiente de ella.

Eso se había acabado cuando leyó la carta. Su cuerpo se estremeció de ira y dolor, confusión y desesperación. Se había apoyado en la pared y dejado caer al suelo, devastada.

Por eso lo había apartado de su vida. No podía aguantar el dolor. No iba a permitir que un amor no correspondido la destrozara.

–El señor Cruz la verá ahora mismo, señorita Jones –dijo la elegante recepcionista, colgando el teléfono y mirándola con curiosidad.

Ashley asintió, sorprendida. En su última visita, había sido ignorada y olvidada. De repente, obtenía acceso directo a Sebastian. No había estado preparada para eso. Ashley miró la salida y tomó aire. No iba a esconderse de él. Ya no.

Estaba allí. Ashley había ido a verlo. Sebastian, de pie en el centro de su despacho, se abotonó la chaqueta y cerró los puños. Era una oportunidad que no podía desperdiciar. Su futuro y su felicidad dependían de los minutos siguientes.

–¿Qué diablos es esto? –la puerta se abrió y Ashley entró agitando el sobre. El ayudante de Sebastian se fue y cerró la puerta.

Sebastian miró a Ashley con deseo. Esa vez no se había vestido para él, y eso lo alegró. Estaba fantástica con una camiseta negra, pantalones cortos y sandalias. Tenía la melena alborotada y su piel olía a luz de sol.

—Es el pago por Inez Key —dijo, frunciendo el ceño al ver que Ashley vibraba de ira. Creía haberlo explicado todo en la carta.

—¿Por qué ibas a darme esto? —Ashley agitó el sobre junto a su cara—. Conseguiste la isla porque no pude pagar los plazos del préstamo.

—Quiero pagarte la oferta más alta que hice porque cometí un error. Insistí en obtener la isla aunque no estaba en venta. Actué de forma legal, pero imperdonable —admitió él, entre dientes.

—¿Y crees que el dinero lo borrará todo? —ella tiró el sobre al suelo—. Típico. Los hombres ricos y poderosos sois todos iguales.

—Deja de compararme con tu padre —dijo él. Ashley podía parecer dulce e inocente, pero sabía cómo herirlo.

—Ah, ¿se trata de eso? —ella enarcó las cejas—. ¿Te incomoda la idea de ser igual que Donald Jones? Te niegas a creerlo aunque piensas como él. Actúas como él. Destruyes vidas como él. La única diferencia es que superas a Donald Jones.

—La diferencia es que me arrepiento de lo que hice. Me está desgarrando saber que me odias. Que tienes una opinión tan mala de mí —maldijo en español y se revolvió el cabello. «Que una vez me quisiste y destruí esos sentimientos», pensó.

—¿Y me envías un cheque porque te sientes responsable? ¿Crees que si me das suficiente dinero te perdonaré? —su voz se alzó—. No me malinterpretes, Sebastian. Me iría bien el dinero. Estoy arruinada y no sé si podré pagar el alquiler el mes que viene. Pero no aceptaré un céntimo de ti. ¿Creías que eso te absolvería por lo que hiciste? No ocurrirá.

–Eso lo sé. No puedo borrar lo que hice –Sebastian nunca olvidaría el dolor que había visto en los ojos de Ashley cuando comprendió su plan. Quería ser un héroe para ella. Que volviera a mirarlo con admiración–. Solo puedo reparar el daño y pedir disculpas.

–Es demasiado tarde.

–Me niego a creerlo –dijo él, desesperanzado–. Quiero recuperar lo que teníamos y haré lo que sea necesario para conseguirlo. Dime qué necesitas de mí. ¿Qué puedo hacer para recuperar tu confianza?

–No puedes hacer nada –lo miró a los ojos.

Sebastian tuvo la sensación de que su última oportunidad se le iba de las manos. Sintió pánico. Si ella no quería nada de él, no la recuperaría.

–Quédate conmigo –la urgió. Sabía que no podía deslumbrarla con su dinero y su estatus–. Dame una oportunidad.

–No necesitas hacerme esa oferta –negó con la cabeza–. No estoy embarazada.

–No lo digo por eso –Sebastian sintió miedo. El encuentro no iba como había esperado. La estaba perdiendo. Si no quería estar con él, no tenía nada con lo que tentarla. Ella veía su dinero y su poder como desventajas.

Solo podía darse a sí mismo. No era bastante, pero era un principio.

–Te necesito –dijo con voz queda–. Has dejado un gran agujero en mi vida. No puedo dormir. No puedo concentrarme. Solo puedo pensar en ti.

–Lo superarás –Ashley desvió la mirada.

–No quiero hacerlo. Supe que serías mi perdición en el momento en que nos conocimos. No me importó. Nada importaba excepto tú.

–Recuperar la isla importaba –alegó ella con lágrimas en los ojos–. Me utilizaste y traicionaste mi confianza. Ibas a dejarme en la ruina porque eso fue lo que mi padre le hizo a tu familia. Yo solo era parte de tu venganza. Me habrías lanzado a los lobos si no hubieras sentido atracción por mí.

–¡Eso no es verdad! Te quiero, Ashley.

–Deja de jugar conmigo –dijo Ashley con voz entrecortada. Dio un paso atrás, pero él la agarró de la mano. No iba a permitir que se fuera de nuevo.

–No tienes que perdonarme ahora mismo –le dolía que no lo creyera, pero estaba dispuesto a trabajar duro para recuperar su amor y su confianza–. Quédate conmigo y te demostraré mi amor día a día.

–Quiero hacerlo, pero no podría pasar por esto otra vez –musitó ella, mirando sus manos unidas.

A él le pareció buena señal que no intentara soltarse. Sabía que le había costado mucho decir esas palabras. Arriesgaba mucho. Tal vez incluso más que cuando le había declarado su amor.

–Quiero ser el hombre que necesitas. Quiero que creas en mí. En nosotros.

–Yo también lo quiero –dijo ella, llorosa.

–Quédate conmigo, Ashley –la urgió él, con el corazón desbocado–. Te daré todo lo que necesitas. Todo lo que quieres.

–Quedarme ¿en calidad de qué? –ella posó una mano en su pecho–. ¿Amante? ¿Querida?

–Voy a convertirte en mi esposa muy pronto.

–Antes tendrás que pedírmelo.

–Lo haré –prometió él, capturando su boca–. No dejaré de pedírtelo hasta que digas que sí.

Cinco años después

Ashley oyó el piar de los chotacabras cuando salió al patio. Hacía semanas que Sebastian y ella no visitaban Inez Key. Mucho había cambiado en la isla, pero seguía siendo la misma.

Sebastian había restaurado la mansión prebélica, añadiendo detalles acordes con la edad y movilidad de su madre. Ya no era un lugar lúgubre y silencioso. Se oían risas infantiles y aromas especiados salían de la enorme cocina cuando celebraban las grandes cenas familiares.

Ashley pensó que esa cena era diferente. El cielo estaba teñido de naranja y rojo, y las velas chisporroteaban en la tarta que sujetaba.

Los invitados vitorearon al verla llegar descalza, con un sencillo vestido veraniego. Todos empezaron a cantar el *Cumpleaños feliz*.

Era una gran celebración. La casa estaba decorada con guirnaldas y globos. Los colores y la música reflejaban el espíritu festivo del día. Los isleños y la familia Cruz disfrutaban de la fiesta que había empezado casi con el día.

Ashley miró a su suegra. Sabía que había sido un día largo y emotivo para Patricia, que se secaba los ojos con una mano y sujetaba a la hija pequeña de Ashley con la otra. Patricia estaba viviendo el milagro que había pedido casi treinta años antes: estar en casa rodeada de su familia.

Ashley dejó la tarta delante de Sebastian, que intentaba controlar a sus revoltosos gemelos de tres años. Captó su mirada ardiente cuando los invitados cantaban la última estrofa.

–Feliz cumpleaños, Sebastian –murmuró, agarrando a uno de los gemelos–. Pide un deseo.

–Tengo todo lo que quiero, mi vida.

–Pide cualquier cosa, y haré que se cumpla.

Ashley captó la curva maliciosa de sus labios y la llamarada de deseo de sus ojos justo antes de que apagara las velas de un soplido.

–¿Qué has pedido? –preguntó, curiosa y excitada, mientras los invitados aplaudían.

–Si te lo digo, no se cumplirá –él se rio–. Pero va a ser un deseo de cumpleaños que nunca olvidaré.

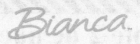

¿Habría encontrado aquel playboy la horma de su zapato?

Hal Treverne, productor musical de gran éxito y famoso por su inconformismo, no estaba a la altura de su reputación de ser afortunado. Confinado en una silla de ruedas tras haber sufrido un accidente de esquí, estaba furioso.

Sobre todo porque ya debería haber conseguido llevarse a la cama a Kit, la mujer que lo cuidaba, y habérsela quitado de la cabeza. Obligado a depender de ella, no podía escapar a su embriagadora presencia.

Hasta que percibió el ardiente deseo que se ocultaba tras su fachada de eficiencia profesional. Desencadenar la pasión de Kit era un reto que le encantaría al arrogante Hal.

Pasados turbulentos

Maggie Cox

AMOR EN ALERTA ROJA

JULES BENNETT

Durante años, el multimillonario productor Max Ford había creído que Raine Monroe lo había traicionado. Por eso, cuando regresó a su ciudad natal, quería explicaciones. Pero su ex prefería mantenerse callada y alejada de la tentación... hasta que una tormenta de nieve los dejó atrapados, con su bebé, en su acogedora granja.

Raine sabía que tenía que cortar eso antes de que su aventura con el codiciado soltero de Hollywood pusiera en peligro sus posibilidades de adoptar oficialmente a la niña... y de que los oscuros secretos de su pasado salieran a la luz.

Una tormenta de nieve más dos examantes igual a un encuentro apasionado

¡YA EN TU PUNTO DE VENTA!

Bianca

Una inocente en la cama del rey

Alejado del trono por voluntad propia, Alessandro Diomedi no esperaba verse obligado a volver a Maldinia para suceder a su padre. Ni tener que casarse con la mujer que estaba destinada para él.

Entrenada desde la infancia para ser la perfecta reina, por fin había llegado el momento de que Liana Aterno cumpliese con su deber, pero Sandro no era ya el joven al que recordaba, sino un hombre cínico y amargado que, sin embargo, encendía en ella una pasión inusitada.

Cuando su primer beso demostró que aquel podría ser algo más que un matrimonio de conveniencia, Sandro decidió liberar la pasión que su misteriosa reina escondía bajo ese frío exterior.

Una reina enamorada

Kate Hewitt